JN126541

ぶっとび同心と大怪盗

二

奥方はねずみ小僧

聖　龍人

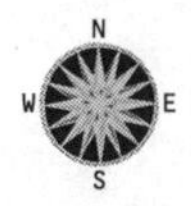

コスミック・時代文庫

この作品はコスミック文庫のために書下ろされました。

目次

第一話　ねずみ小僧の逆襲

一

江戸深川、木場……。

昼は、筏(いかだ)を操作しながら木を操る川並(かわなみ)と呼ばれる男たちの声が聞こえてくるのだが、いまは犬の遠吠えが響く程度である。

そんな四更(しこう)になろうとする頃合い――。

物音が聞こえて。田之助(でんのすけ)は目が覚めた。

布団のなかで耳を澄ます。両親の寝所に異変が起きているように感じた。

――なんだろう……。

寝床に入った刻限は、木戸が閉まる少し前だった。母親が桃太郎(ももたろう)の話をしてくれた。桃が川上(かわかみ)から流れてきたところまで聞いたが、それ以降は覚えていない。

もっとも、桃太郎の話は十回以上聞いていたから、先はすべて知っている。

いつかは、自分も鬼退治をしたい。

田之助は子ども心にそんな考えを持つようになっていた。

鬼退治、とつぶやいたとき、怒声が聞こえた。

父親の声ではない。父親はあんなだみ声ではない、と訝しげに感じながら、立ちあがった。

足音を消したまま両親の寝所に向かった。普段なら手燭を持っていくのだが、今回は持たないほうがいいような気がした。歩き慣れた廊下を進んで、曲がったところが両親の寝所だった。

となり部屋の障子を開いて入りこむと、壁に耳をあてた。ひんやりとした感触が耳に触れた瞬間、

「嘘をついたら、殺す」

田之助は身震いしながら、押し込み強盗だ、とつぶやいた。

田之助の父親、冨右衛門は浄心寺裏、山元町にある材木屋の主人だ。

屋号は、木乃屋といい、店としては中堅どころだろう。周囲には同じような店が並んでいる。道端には、材木が立てかけられていて、子どもたちが隠れんぼを

する格好の場となっている。

普段から身を隠すような遊びを楽しんでいる田之助にしてみたら、いまも、隠れんぼをしているような気分だった。

怒鳴り声は聞こえなくなっていた。

その代わり、がさがさとなにかを取りだしているような音が聞こえた。かちりという音は、父親がいつも手にしてる金庫のようだった。小遣いをねだったときに、何度か聞いたことがある。

その音から、父親が金庫から金子を取りだしていると知った。

強盗に金を渡しているに違いない。

聞こえた怒声は金銭を要求する声で、ここにはない、などと嘘をついたら殺す、という意味だったのだろうか。

これは尋常ではないと悟った瞬間、父親が、いつも田之助にいい聞かせていた言葉を思いだした。

「いいか、田之助。うちのようなお店は、常に押し込みや、こそ泥が入ってくるという危険のなかで暮らしている」

「…………」

「もし、そんなことになったら、抵抗はするな。逆らって怪我をしたり、誤って命を取られてはいかぬ。わかるな」

「……うん」

「そんなときは、素直に金子を渡すんだ。その代わり、押し入った者の顔の特徴や、声、身体つきなどを覚えておくんだ」

「うん」

「そして、顔には黒子があったとか、頬に傷があった、というように捕縛の手がかりになるような話を役人に伝えるんだぞ」

「わかった」

――いまが、そのときだ。

田之助は、父親の言葉を頭に蘇らせていた。なんとか賊の顔を見てやろう、と思案をめぐらせる。こんなときがいつか来るかもしれない、と普段から場面を想定していた。その力を活かすときだ。

賊の顔を見るためには、できるだけそばに寄らなければいけない。しかし、危険が伴う。自分だけが知っている秘密の壁でもあればいいと思ったが、そんな都合のいい場などない。

しばらく、廊下から部屋の様子をうかがった。

物音は止まっている。

田之助は人差し指を舐めた。指先を障子にあてがう。紙が濡れて、小さな穴が空いた。なかが見えるかどうか確かめる。

見えた……。

背中だけだが、あきらかに賊のひとりだ。田之助は、こちらに顔を向けろ、と心で叫ぶ。

なんとしても顔を見てやりたい。男がこちらを見る策はないかと考えたが、音でも立てて、気がつかれたのでは元も子もない。

動きがあるまで、穴のなかで男が移動する間合いを待つしかないだろう。

のぞき穴のなかで、背中が動いた。

いや、男の手が後ろにまわって、首襟（くびえり）が少し開いたのだ。虫が飛んでいたのか、男の手は襟の周辺を追いまわすような動きを見せている。そして、その手が襟にかかり、かすかだが肩口が見えた。

……稲妻（いなずま）だ。

もちろん、本当の稲妻ではない。

男の肩口に、引攣れのような傷が見えたのだ。それはじぐざぐ模様を示し、まるで稲妻のようであった。思いもよらぬところから、賊の特徴を知ることができた。

田之助が、これで町方に話せると思ったその瞬間である。

「俺はな、ねずみ小僧だぜ」

ぐふふふ、と気持ちの悪い声を出して、男が吐いた。

「俺が消えたあとに、ねずみ小僧に襲われた、というんだな。もっとも、それもできるかどうかかなぁ」

含み笑いとともに、背中が揺れている。

田之助は、ねずみ小僧……とつぶやいた。

そのときだった、とんでもない叫び声が聞こえた。父親の悲鳴であった。同時に、母の声もかぶさった。

田之助は穴に目をへばりつけた。だが、部屋のなかでなにが起きているのか、稲妻傷の男の背中に隠されて、音と悲鳴が聞こえてくるだけである。

両親の悲鳴を聞くと、凄惨なことが起きているに違いない。田之助は部屋のなかに飛びこみそうになった。

　また父の言葉が蘇った。

「よいか、私たちが危なくなっても、おまえはどこかに隠れて、命はまっとうするのだ。そして、もし、私たちが殺されるようなことになったら、かならず町方に届けて復讐をしてくれ」

　父親の言葉は、田之助の動きを止めた。

　気がつくと、障子が赤く染まっている。

　……これは、血……。

　田之助は、身震いする。父や母はどうなったのか。こんなところまで血が飛んできたということは……。

　理由はひとつしか思い浮かばない。両親は命を取られてしまったのか。

　賊がこちらを向いた。返り血を浴びているところを見ると、やはり父も母も斬られたか、あるいは刺されたのか、いずれかだろう。

　血だらけの顔で、賊はにっと笑った。

「鬼だ……」

　田之助は、つぶやいた。

歯が一本だけ、鬼のように尖(とが)っていたのである。

鬼の歯に稲妻の傷。

……こいつがねずみ小僧か。

その顔を記憶のなかにしっかりと封じこめると、廊下から静かに離れはじめる。

両親の命がどうなったのか、確認をする必要はなかった。賊の血だらけの顔から、部屋でなにがおこなわれていたのか、確かめるまでもなかったのである。

田之助はすぐ自身番(じしんばん)に走り、ねずみ小僧に襲われたと告げると、猫とかなんとかいう同心が血相を変えて、すぐ現場に連れていけ、と叫んだ。

部屋を見た瞬間、同心は田之助の手を取った。

「なかは見るな……」

「………」

「いいか、おまえはこれからひとりだ」

「………」

「心を強く持って生きるんだ。困ったら……」

同心の言葉はまだ続いていたが、田之助はその場から駆けだしていた。

……復讐だ、復讐するんだ、鬼歯と稲妻。鬼退治だ。

田之助は、心のなかで叫びながら、材木が並ぶ道を駆け抜け、大川に出てさらに日本橋に向かって一目散（いちもくさん）に進んだ。己でもどこに向かっているのか、はっきりしなかった。

それでも、目的はひとつ。

鬼退治、その気持だけで、田之助の頭はいっぱいになっている。

日本橋から内藤新宿（ないとうしんじゅく）に向かって進んでいた。しかし、田之助にこの街道がどこに向かっているのか、その知識はなかった。

とにかく、江戸から少し離れたい、と感じていたのである。両親が殺された住まいの近場に、長居はしたくなかったからでもある。

いまの自分には、まだ鬼退治ができるだけの力はない。

力をつけなければ……。

その一心で、田之助は甲州街道を内藤新宿に向かって歩きだしていたのであった。

そして、八年の刻が過ぎた……。

二

「ねずみに猫とは、あんたできすぎだよ」

夏絵は鼻を鳴らした。猫というのは、小春の夫、北町定町廻り同心の、猫宮冬馬について語っているのである。

夏絵は小春の母であり、先代ねずみ小僧でもあるからだ。先祖が金子横領の濡れ衣を着せられ、それを晴らすため、証拠集めに、やむなく盗人の真似事をした。

そのとき、奇しくも持ちだした呼称が、当時名を知られていたねずみ小僧だったのである。

つまり、最初は偽ねずみ小僧なのであった。そしてその名は、母の夏絵に受け継がれ、二代目となり、いまはその娘、小春が三代目である。

いま、小春は母に笑みを見せながら、

「できすぎでも、それが縁だったと私は思っています」

「ふん、どんな縁なのか。悪縁ではなければ幸いだ」

夏絵は、最初から冬馬との仲を裂こうとしていた。しかし、夏絵はあるとき、こんなことをいった。

「あいつの父親も、猫宮だろう」

「親子ですからね」

「……できすぎだとは思わないかい」

「どういうことです」

「やつらは、私たちの正体を知って近づいてきたんだ」

まさか、と小春は否定する。そもそも、冬馬と小春の出会いは、ただの偶然である。浅草広小路を歩いているとき、因縁をつけられそうになった場に冬馬が現れ、仲裁をしてくれた。

それがきっかけで。小春に心を動かされた冬馬が、ふたりの住まいがあった富沢町に顔を出しはじめた。それだけのことである。

「油断ならないねぇ」

冬馬の父親、弦十郎(げんじゅうろう)は、ねずみ小僧捕縛に心血注(しんけつそそ)いでいた同心であった。何度となく、夏絵とは現場で逃亡と追跡を繰り返しているのだ。

それだけに、夏絵は弦十郎の手腕を知っている。

「息子のほうはどうだろう。言動には奇妙なところがあるけど……探索については力が隠れているのかもしれないねぇ」

「そうですよ」

「でも……あの男に、それほど深い読みがあるとは思えないか」

最後に夏絵は苦笑いしながら、

「それでも、あのおかしな言動の裏に、なにが隠されているのかわからないから気をつけるんだね」

正直な話、冬馬が富沢町に顔を見せるようになった当初は、ありがた迷惑であった小春である。それが、しだいに変化したのは、冬馬の気持ちに嘘はない、と感じるようになったからである。

「今日は、あのぶっとび旦那はどうしているんだい」

「非番だとかで。寝ていますよ」

「本当に猫だねぇ。でも、そろそろ例の若旦那が現れるころじゃないのかい」

そうですねぇ、と小春は苦笑する。

夏絵がいう若旦那は、一風(いっぷう)変わった病の持ち主である。子どものころに受けた折檻(せっかん)によって、心が内に籠もってしまい、自分を外に出すことができなくなってしまった。

そして近頃は、突然、草双紙(くさぞうし)に出てくる才人やら、大昔に活躍した名のある武将、剣客、または御用聞きになりきってしまう。

最初は両親もあわてたようだが、いまでは本人が楽しんでいるなら、そのほうがいい、家のなかにくすぶっているよりは、よほど身体にいいだろう、と外出を認めているのである。

ただし、そんな奇病持ちを、どこの誰でもが受け入れてくれるとは思えない。そこで両親は、近所の差配(さはい)に、若旦那を受け入れてくれそうな奇特な人はいないかと相談を持ちかけた。

その結果、白羽の矢が立ったのが、冬馬だったのである。

「ただとはいいません。きちんと迷惑料としてなにがしかの……」

というわけで、ときには御用聞き、ときには忍者。またあるときは剣客になりきった若旦那という、おかしな相棒が生まれたのであった。

両親の願いで、若旦那の素性は隠されたままである。しかし、夏絵はひそかにあとをつけて、その素性を知ったらしいが、

「私は知らないよ。知ってたとしてもいわないよ」

と暴くような真似はしていない。

「そんなことをしたら、若旦那は顔を出せなくなってしまうからねぇ。他人の楽しみを奪うような真似はしませんよ」

そんな台詞を吐いているが、真のところは、両親から渡される迷惑料がなくなるからだろう、と小春は察しているのだった。

「ごめんください……」

噂をすれば、である。訪いを乞う声は、たしかに差配の千右衛門であった。

若旦那はくりくりの坊主頭であった。

「……今度は誰なんです」

昼寝しているところを起こされて、冬馬は機嫌が悪そうだ。あからさまに迷惑そうな目つきで、差配に問うと、

「私から答えます。一休宗純です」

若旦那本人が答えた。

「……くりくり坊主頭はそのためですか」

「似合ってますか」

「私に、答えはありません」

木で鼻をくくったような返答にも、一休は、はいそうですか、と笑いながら応じる。小春は、これはいけないと思ったか、

「一休さんといえば、頓智で知られますよねぇ」

話を変えて、その場をなごませようとする。

「いえ……草双紙に書かれているような頓智話は、みな作り話ですから」

若旦那は、元禄のころに世間をにぎわせ、根強い人気の草双紙「一休咄」について語っているのだ。

「だいたい、作者が誰かも判明してませんからね。もともと一休という人は、坊さんなのに、妻帯したり、男色を好んだり、正月には杖にどくろを載せて歩きまわったりという奇人変人だったそうですから」

冬馬がだめ押しする。

「ふふふ、たしかにそうなんです」

それでも一休は、にこにこしているだけである。

「では、私はこの辺で」

差配が立ちあがると、いままで外にいたはずの夏絵が現れた。差配が部屋の隅に置いていく十両包が目当てなのである。

小春が夏絵をひと睨みすると、

「はいはい、わかってます。悪さはしませんよ」

鼻を鳴らしながら、夏絵はまた姿を消した。小春は、実の母親とはいえ、まったく油断ならないと呆れ果てる。どこに隠れているのか、どこから現れるのか。金の匂いには人一倍敏感なのだ。

おそらくは、一度外に出たふりをして屋敷内に戻り、天井裏か、あるいは床下に隠れているのだろう。まさに神出鬼没である。もっとも、先代ねずみ小僧なのだから、そのくらいは朝飯前といっていい。

夏絵の後ろ姿を一瞥してから、一休は怪訝な目を冬馬に向けた。

「すこぶる機嫌が悪そうに見えますが、どうしました」

「…………」

「ははぁ、やはり……」

「なにがやはりなんです。坊さんが出てくるような話ではありません」

「おやおや、本当に今日は機嫌はよろしくないようですねぇ」

「……そうかもしれません」

冬馬の代わりに小春が答えた。

「近頃、大店に賊が忍びこむという事件が、頻繁に起きているんですよ」

「それで腹の虫が暴れている、というわけですか」

はい、と小春は冬馬に目を送る。

冬馬は、知らぬふりを決めこんで、誰の話かとでもいいたそうだった。

「では、私が知恵を出しましょう」

「知恵……とは、どんな」

今度も興味を見せたのは、小春である。冬馬は、じろりと瞳を移動させただけである。器用なことをする、と一休はつぶやいてから、

「お外の人、そろそろどうぞ」

入り口に向かって声をあげた。まさか夏絵を呼ぶのか、と小春が驚くと、入ってきたのは若い男だった。

「この人がね、いい知恵を持ってきてますよ」

冬馬は、若い男を横目で睨み、

「巷の噂とは異なり、一休宗純に知恵はありません」

「はは、私になくても、この田之助さんが知恵を披露してくれますから、お楽しみに。ねずみ小僧についても、いろいろ知っているそうですよ」

「なに……」

いままで、どんな会話にも興味を示さなかった冬馬の顔つきが変わった。そのさまを見た小春は、閻魔さまみたいですよ、と呆れる。

「閻魔でも按摩でも秋刀魚でもいい。ねずみ小僧についてとは、なんです」

寝起きで丸まっていた背筋が伸びていた。

三

内藤新宿に着いた田之助は、大木戸の前で胃液を吐きだしていた。両親の惨状にも、それまで気が張っていたせいか、恐怖などは感じていなかった。

しかし、ここまで離れたら鬼歯の男も追ってはこないだろう。自分も殺されるかもしれないという不安から逃れたと感じた瞬間、

「う……う……う……」

急激に吐き気を催したのである。

まだ寺子屋に通っていたような年齢である。必死で父親の言葉をなぞりながら、賊の行動を見張っていたその恐怖と緊張が、一気に溶けたからだった。

血に濡れた障子を見たときの恐ろしさを、今頃になって感じだした。両親の身体から血が噴きだす姿を思い浮かべて、腹のなかがひっくり返りはじめた。

寒気を感じて身体が震えだす。

腹のなかから、何度も何度も汚物が逆流する。吐きだせるものは、すべて口から流れ出た。

「苦しい……ううう」

木戸前でのたうちまわっていると、誰かが手をつかんで起こしてくれた。

「これで口のまわりを拭け」

上目遣(うわめづか)いに見ると、男ふたりの姿が目に入った。ひとりは白髪頭で、年齢は五十くらいだろう。もうひとりは、その人のお付きのようだ。

礼をいいたくても、苦しくて言葉が出ない。唸(うな)っていると、白髪頭が手ぬぐいで口のまわりを拭いてくれながら、

「どうしたのだ、こんなところで」

両親が殺された、といおうとして止めた。

――復讐するためには、他言するわけにはいかない。

そんな思いが湧きあがったのである。

涙を流し続ける田之助を見ていた白髪頭は、

「ここに打ち捨てておくわけにはいかないねぇ」

そういうと、お伴にこの子を担ぐようにと命じたのである。

「あったかい……」

限界だったのだろう、田之助はお供の背中で眠りに落ちていた。


「田之助さん、私に話してくれた内容を、冬馬さんにも」

一休の声で、田之助は我に返った。

「あ……すみません、両親を思いだしていました」

「あぁ……私が悲しみを思いださせてしまったかもしれません」

「いえ、そうじゃありません。あっしが勝手に」

一休と田之助の会話に、冬馬はついていけない。そのため、いらいらが高じたらしい。

「内輪話はそこまでにしてください」

思わず、声を荒らげてしまったのである。

「あ、すみません、早くねずみ小僧の話を聞きたくてつい。賊の話もあるんですよねぇ」

　はい、と田之助はうなずいてから、

「じつは……」

　子どものときに親がねずみ小僧に殺されたのだ、と告げた。

「なんですって」

　驚いたのは、小春である。

「殺されたのは、いつのことです」

　──やったのは、母の夏絵だろうか、父親だろうか。

　その疑惑を小春はすぐ吹き飛ばした。ふたりともねずみ小僧として暗躍していたとしても、人殺しなどするわけがない。

　それに、田之助が話した内容は、凄惨極まりない。

　──凶行を働いたのは、本物のねずみ小僧……。

　その考えも小春は否定した。本物も、ただのこそ泥である。人を殺すわけがない。

「ねずみ小僧が、人殺しをしたという話は聞いたことがありませんけどねぇ」

「たしかに、いまの話は変です……」

冬馬も困惑しているようである。長年ねずみ小僧を追いかけてきた父親からも、人殺しの話は聞いたことがない、と訝しむ。

その言葉を聞いた田之助は、戸惑いの表情を見せた。

「そういわれても、私はしっかりと聞きました」

「賊がそういったのですか」

「両親を殺したのは、ねずみ小僧です」

小春は、言葉に詰まった。

田之助が聞いた言葉を、頭から否定することはできない。万にひとつ、本物がやったのかもしれないのだ。

——これは、真実を探らないと……。

小春は、心のうちでつぶやいた。

冬馬は、閻魔の形相からいつものぼんやり顔に戻っている。

一休に目を向けると、途中から船を漕ぎだしていたようだ。

「一休さん、居眠りしている場合ではありませんよ。なにかいい知恵はないんですか」

おや、おや、と一休は目を開いて、

「一瞬、寝てしまいました。それでも、みなさんの声はぼんやりと聞いていていましたよ」

「寝ながら人の話を聞ける人などいません。そんなことができるのは、お釈迦（しゃか）さんくらいです」

冬馬は切り捨てたが、一休は気にしない。

「本当に田之助さんの両親を殺した賊が、ねずみ小僧だとしたら、どうなるんでしょうねぇ」

「そんなことは絶対にありませんよ」

小春の顔は、かすかだが怒りの色を含んでいる。

「どうしていいきれるのか、不思議ですが、まぁいいでしょう。とにかく」

そこで一休は言葉を切って、冬馬と小春を見つめる。その瞳は、ふたりの奥底をのぞきこもうとでもするようだ。

「なんだか気持ちの悪い目つきですねぇ。とても禅僧には見えません」

冬馬は、あからさまに不快な表情を見せる。一休は笑いながら、

「それは失礼いたしました。もともと目つきが悪いものでしてねぇ。それでも、

そこがいいというおなごもいるのです」

　小春は不愉快な色を隠さずに、

「一休さん、いずれにしても田之助さんのお話はまだ終わっていませんよ」

「そうでした、続きを聞きましょう」

　田之助は、素直にはいと応じた。

「私を助けてくれたのは、内藤新宿にある月見屋という旅籠の主人、榮太郎でした」

　榮太郎は、田之助を養子に迎え入れてくれたという。

「両親が殺されたという話はしたのですか」

　小春が問うと、田之助は目を細めて、

「それが……」

「いわずにいたんですね」

「榮太郎のおやじさんは、黙っている私をじっと見つめているだけでした」

「深くは問わなかったというのですね」

「他人にはいえない、なにかがあるのだろう、と察してくれたようです」

「本当の理由はなんだったんでしょうねぇ」

冬馬は、首を傾げている。

「はて、本当の理由とは、どういう意味でしょうか」

「どこの馬の骨とも知れぬ子どもを、養子にしたんでしょう。なにか裏があると考えるほうが普通です」

はぁ、と田之助は返答に困っている。

「旦那さま、世の中には奇特なお方がいるんですよ。損得だけで動くのは、二流の人です」

「ははぁ、二流の人ですか……では、私はいままで損得で探索をしたことはありませんから、一流です」

「ご自分でそのような看板を掲げてはいけません。一流の人は、不言実行(ふげんじっこう)なのですよ」

小春の諭(さと)すようないいかたに、冬馬は、ははぁそうですか、と大きく肩を揺すると、天井がことりと鳴った。

「ねずみがいるようです。あ、ねずみ小僧の話がまだです。田之助さん、ねずみ小僧の秘密とはなんです」

「はい……お聞きください」

田之助は拳を握り、きつい目線を冬馬に送った。小春はその仕草に、ふと奇態な匂いを感じたのである。

四

養父、月見屋榮太郎には、子どもがいなかった。そのためか、慈しみをもって育ててくれた。

先々には、田之助に新店を任せようとまでいってくれるほどだった。だが、田之助は、そのぬるま湯のような生活を受け入れることはできない。

榮太郎の気持ちに応えることはできない。

――俺は鬼退治をしなければいけないのだ……。

成長する途中で、いっとき、そんなものは忘れてしまえ、と考えたこともある。しかし、ときどき親の悲惨な最期を夢に見た。だが、それは途中で消えてしまうのだ。

刺されたのか、斬られたのか。傷を負ったのは腹か、頭か、腰か……。

すべて不明瞭のなかにあった。

両親の死にざまは、障子の穴のなかでしか蘇らないのだ。

障子の穴以外のところでは、どんな行為が繰り広げられていたのか。その事実を明白にするまで、田之助の心は生き返らない。

成長した田之助は、十九歳になっていた。

榮太郎に、暇をもらいたいと申し出ると、反対されるかと思っていたが、そうか、とうなずいただけであった。

「いつか、こんな日が来ると予想していたよ」

その目には悲しみが含まれていた。

「あの大木戸の前で、のたうちまわっていたおまえだ。あそこまで苦しむには、隠された大きな理由があるのだろう。それもとんでもない理由が」

返事はしなかった。

「暇はあげよう。ただ、ひとつだけ条件がある」

「…………」

「いままで隠し通してきた、その秘密を知りたい」

「……はい」

「そろそろ吐きだしてみたらどうかな。中身によっては、助けになる知恵が浮かぶかもしれない」

「はい」

わかりました、と田之助は思いきって、木乃屋冨右衛門が自分の父親だと告げた。田之助が逃げたあとで、この木場で起きた事件は、凄惨な強盗事件として知られていたのである。

「そうだったのか。まさかとは思っていが、予測以上の苦しみを背負っていたんだねぇ」

「黙っていてすみません」

榮太郎は田之助の手を握った。

かすかに汗ばんだ手は、暖かった。

四谷大木戸の前で、お供の背中に感じた暖かさと同じようなぬくもりを感じた。いや、それ以上であった。

田之助の顔は涙であふれた。

「これで拭きなさい」

差しだされた手ぬぐいを使いながら、田之助はそれまで積もり積もっていた悲しみと憎しみを吐きだした。

すべてを話し終わった。

榮太郎は、うなずいている。よけいな言葉は意識して控えているのだろう。しばらく口を開かずにいると、

「私が知っているねずみ小僧を追いかけている同心がいる」

「……」

「そのかたを紹介しよう」

「……はい」

「だが、いまは引退してご子息が継いでいるらしい。少し風変わりという噂だが、いろいろ便宜をはかってくれるに違いない」

「はい」

勢いよく答えたものの、田之助は心のうちで手を合わせながら謝っていた。まだ、榮太郎に隠している事実があったからである。それは、田之助の裏の顔ともいうべき姿であった。

田之助は帰り際、

「私は、いまは月見屋を出て、神田明神下の武蔵長屋にいます。なんかありまし

たら、お訪ねください」

頭をさげ、一休と一緒に帰っていった。

ふたりの姿が消えた瞬間、小春は、冬馬に相談がある、と持ちかけた。

「田之助さんの話ですが」

「あぁ、あれは嘘ですね」

「嘘とは、両親が殺されたという話ですか」

「いえ、ねずみ小僧についてです」

「まぁ」

「驚くような話ではありません。父上から聞いていたねずみ小僧とは、やり口が違いすぎます」

「惨殺したというところですね」

「そうです。ねずみ小僧は、こそ泥盗人の大馬鹿野郎ですが、殺しだけはしません」

「そうですね、いままでも聞いたことがありません」

「人など殺したことがないから、そんな噂は立たないのです」

事実、木乃屋の惨殺があったときの、それがねずみ小僧の仕業だという噂は、

どこからもあがっていない。それを田之助は、

「私は、事実この耳で聞きました」

と、自信いっぱいに断言したのだ。

たしかに、その場にいた田之助は、ねずみ小僧という名を聞いたのだろう。

「聞き間違いです」

冬馬は言明するが、小春はそんな簡単な話ではない、と感じている。

「その話はいったん置いておきましょう」

「永遠に捨てていてもかまいません」

「それよりも、田之助さんですが……」

「あぁ、嘘つきですね」

「え……」

「だいいち、木乃屋の事件が起きたのは、田之助さんが十歳ごろでしょう。そんな幼い子どもが、浄心寺裏から内藤新宿まで走れるわけがありません」

「その件ですか」

「小春さんは、なんの話をしようとしているんです」

「いえ……あのかたの話を信用していいものかどうかと、悩んでしまいました」

「だから、嘘つきです」

子どもだとしても、木場から四谷の大木戸まで歩けないとはいえまい。惨状の現場から逃げだしたのだ、人は普段とは駆け離れた想像もしていない奈落に落ちたとき、火事場の馬鹿力を発揮する。

子どもとはいえ、我を失ったら、ひと晩やふた晩くらいなら、歩き通せることだろう。

五、十日になると、集金のために大店の小僧が、神田、浅草、日本橋、果ては深川、麻布、道灌山……江戸府内を東へ西へと歩きまわる姿は、よく見る光景だった。

そんなところからも、田之助が現場から四谷の大木戸まで逃げた話は、嘘とは思えない。小春は、話の内容よりも、田之助自身についての疑惑が浮かんだのである。

でも……と小春は自問する。

ねずみ小僧を殺し屋のようにいわれた。それが気に入らないために、偏見が生まれているだけではないだろうか。もしそうなら、田之助に申しわけない。

――私の目は曇っているのでしょうか。

いや、そうではない。

あの目つきや、部屋に入ってきたときの音を立てぬような足の運びは、それこそ、ただのねずみではないと感じられるのである。

小春がなんとなく憂い顔になっているからだろう、冬馬は、つつつと小春の横に近づき、

「小春さん」

「なんです」

「そんな難しい顔はやめましょう」

「まぁ、そんなにいやな顔をしていましたか」

「私は難しい顔といっただけです。いままで生きてきたなかで、小春さんの顔をいやだと感じたことはありません。たとえ、よだれを垂らした寝顔を見たとしてもです」

「まぁ、そんなところを見たのですか」

「見てません」

「……その顔は見ましたね」

「見ていません」

「嘘でしょう」

「嘘など、私はいったことがありません」

「それが嘘です」

「嘘ではないと証明してみせます」

「そんなことができるのですか」

はい、といって冬馬はひょいと小春の頬に両手をあてると、唇を近づけた。

「待って、待って、なにを、ううぐ」

「はい、証明終わりました」

「…………」

五

ばれたかもしれねぇ……。

小春のあの目は、その辺にいる女房たちとは違う、と田之助はつぶやいた。

旦那の同心はのほほんとしているだけで、探索の才があるとは思えねぇ。

――だけど、女房は……。

冬馬を睨んだとき、小春の視線の奥に疑惑が浮かんでいた。

冬馬の父親は腕扱だった、と榮太郎から聞いている。しかし、二代目はそれほどでもない、と聞いて気がゆるんだのかもしれねぇ。

養父である榮太郎にも隠していた田之助の秘密。それは、大店にもぐりこみ、鬼歯で肩口に稲妻の傷口を持つ男を探す、襟巻き小僧という盗賊の姿であった。

近頃、大店に忍びこむ賊が頻出しているのに、手がかりがない、と冬馬の機嫌が悪いのは、田之助の行動が原因だったのである。

田之助が、大店にもぐりこみはじめたのは、三か月ほど前からだが、じつはその前から、秘密裏に悪人の仲間に入りこんでいたのである。

養父に知られないように動くのは、難しい。ときには挫けそうにもなる。

そんなときには、父親が使用していた絹の襟巻きを首に巻いて、気持ちを高ぶらせていたのである。

善行は難しいが、悪行は簡単だ。

人を傷つけるか、盗みでもやればいい。しかし、養父に気がつかれたのでは困る。

田之助は、秘密裏に行動を取らなければならなかった。

そこで、父親が使っていた絹の襟巻きで顔を隠して、賭場通いをはじめた。命の危険を一度覚えた人間は、賭け事も強かった。

ある日、九両ほど稼いで賭場から出ると、数人の影に囲まれた。

「なんだい。賭場の用心棒か」

「おまえさん、近頃、羽振りがいいようだが、半分ばかり置いていってもらいてえなぁ」

「半分とは、けちないいかただ。そうか、用心棒じゃねぇな。ただの半ちく野郎たちかい」

どうやら、賭場で勝った田之助を襲って、あがりをせしめようとする間抜けたちらしい。

やがて闇に目が慣れ、影が実体を帯びた。相手は三人だった。半纏(はんてん)を着ている者もいるから、職人仲間の集まりだろうか。

「あんたらの顔は見たことがあるぞ。いつも負けてばかりいる負け犬たちだ」

「やかましい。黙って半分の五両、置いていけ」

「……手にしたのは九両だ。寺子屋に行ってねぇらしい」

脅しをかけてきた男が、十両に見えたんだ、といいわけがましく苦笑する。

三人は、じりじりと田之助に近づく。

田之助は動かずに、鋭い目つきで睨んでいるだけだ。半月ではあるがその薄明かりのなかでも、その目つきは狂犬を思わせた。

「おい、やめよう」

十両と見誤った男が、あとずさりをする。

「野郎の目つきは、狂った犬だ」

三人は、お互いの意思を確認しあっているようだった。

「やめた、やめた。俺たちに、こんな真似は最初から無理だったんだ」

奥で腰を引いていた男が、肩の力を抜いた。

「なんだいなんだい、情けねぇなぁ」

「……あんた、どんな修羅場をくぐってきたんだい」

最初に声をかけてきた男が聞いた。

「べつに、ちょっと親が殺された場面を見ていただけだ。それも、障子の穴からな」

その含み笑いには、よだれこそ垂らしてはいないが、たしかに狂犬のような雰囲気があった。

「へぇ、そんなやつを、俺たちは襲おうとしたのかい」

　勝てるわけがねぇ、とでもいいたそうに、奥の男が吐いた。

「ち、これで終わりかい」

「終わりだ。あばよ」

「ちょっと待て待て」

「……なんだい。もう終わりだぜ。かなわねぇ相手に向かうほど、俺たちは馬鹿じゃねぇ」

「いや、ちょっと話がある」

　田之助が、そばに寄ろうとする。

「おっと、それ以上そばに来るなよ。おっかねぇ」

「心配するな、頼みがあるだけだ。おめぇたち、俺にはへっぴり腰だったが、これが最初じゃねぇだろう」

「よくわかったな」

「あぁ、最初は威勢がよかったからな。悪の仲間がほかにもいるのかい」

「そんなやつらはいねぇが、まぁ、あれこれ話は入ってくるぜ」

「けっこうつながりを持っていそうだな」

「悪人仲間だけじゃねぇ。仕事の仲間が江戸中にいる。そいつらの噂のなかから、ひとつふたつ見繕って（みつくろ）な」

最後は、にやりとする。

「なるほど、今日は相手を見誤ったってぇことかい」

「計画にはねぇことをやってしまったんだ。いつもは、もっと弱っちぃ野郎たちが相手だ」

「ほう、その辺の金は持っているが、力も度胸もねぇようなやつらを相手にしていたってぇことかい」

「簡単にいえばそうだな」

ふん、と鼻を鳴らしながら田之助は前に出ると、三人を束ねて（たば）いそうな男を睨んだ。

「お……なんでぇなんでぇ、おめぇの目は怖ぇんだよ」

「一枚かませろ」

「な、なにをだい」

「金を持っていそうで、馬鹿なやつを襲うんだ」

「……俺たちは、盗人じゃねぇ」

「それは俺がやる。俺が欲しいのは、噂だ」

「噂……どんな」

田之助はこっちに来いといって、三人を表通りに連れだし、そばにある料理屋に入った。

三人のまとめ役が五郎蔵(ごろぞう)、奥にいた男が万助(ばんすけ)、あまりしゃべらず、おとなしそうな男は、仁太(じんた)という名前だった。

「鬼を探してもらいてぇ」

「鬼……」

五郎蔵が首を傾げる
「あぁ、鬼だ。歯が一本尖っていて、肩口に稲妻の傷がある男の噂を集めてほしい」

「誰なんだ、それは」

「両親の仇(かたき)だ」

「……俺たちは、そんな悪党じゃねぇんだ」

「人を脅して金掠め取って、悪党じゃねぇとは、お笑い草だ」

「……そうかもしれねぇ」

「復讐するまで、俺は死ぬわけにはいかねぇ」

凄惨な目つきを見た五郎蔵たちは、震えあがる。

「わかった、わかった。そんな目をするねぇ。鬼のような尖った歯を持っていて、肩口に稲妻の傷がある野郎を探しゃぁいいんだな」

「そうだ。できるかい」

「大船に乗ったつもりになれとはいえねぇ。だが、やってみるぜ。おまえさんのその目つきを見たら、断れねぇ」

「ふ、よかったな。断ったらおめぇたちの命はなかったぜ。なにしろ、俺の秘密を知ったんだからな」

息が止まりそうな顔をする三人に、田之助は、冗談だ、といった。

三人が最初に聞いたのは、木乃屋を襲ったやつらは、その金を使って、商売をしている、という噂だった。

それも江戸の府内で、という大胆さである。

「くそ……あのとき盗み取った金で、商売をはじめたということか」

そして、田之助は襟巻き小僧となった……。

それにしても……。

小春というあの女は何者なのか。一見どこにでもいるような武家の女房でしかない。それなのに、田之助の正体を見破るような気を発していた。

ただものではない、とは思うが、田之助にはその裏を見出すことができない。

――へたをしたら、自分より腕のある盗人かもしれねぇ。

だから、田之助が抱える奇妙で異質な癖に、気がついたのではないか。

それなら話はわかる。

あの女も盗人なのか、そうなのか。

見当はつけたが自信はねぇ、と田之助はつぶやいてから。それなら確かめたらいいと結論づけた。

といっても、どうやって確かめようか。

田之助は、頭をひねる。

一度、大店に押し入ってみるのはどうだろう。そのあとで、小春に会いにいく。そこでどんな目で田之助を見つめるか、どんな動きを見せるか、確かめてみたらどうだ。

田之助はそこまで考えると、よし、とうなずいたさしあたって、新しい標的はあがってきていない。どうせなら、有名所がいいかもしれない。田之助はほくそ笑んだ。いままで押し入ったお店は、商売上の仲間内では評判はよくても、世間的には超のつく大店ではなかった。

どうせやるなら、世間を驚かせたい。

――そうだ、駿河屋でも忍びこむか……。

いや、今度は武家だ、と田之助はつぶやく。

お店よりも、武家のほうが楽に忍びこめると聞いたことがある。武家屋敷はその辺のお店の二倍、いや、三倍、五倍もある。

あまりにも広すぎて、警備が追いついていないと聞いた。

もっとも、鬼探しとは少し外れるのはしょうがない。小春という女の正体を探るためだ。

田之助は、そうつぶやくと、首に絹の襟巻きを巻いて立ちあがった。

六

一休が、居眠りをしている。いつの間にか、八丁堀の組屋敷に来ては、船を漕ぎながら、ふむふむ、人とは、とか、生きるとは、死とはなんぞや、などとひとりで禅問答を重ねているのだ。

ここは禅寺ではない、と冬馬はいいたいのだが、あまりにも普通の顔で座禅を組んでいるため、邪険（じゃけん）にできない。

それに、差配から若旦那について頼まれているからでもあった。

冬馬は、そんな一休の超然とした態度を見ながら、

「小春さん、嘘つきの田之助について話をしませんか」

「そうですね。でも、旦那さまは、また出た襟巻き小僧について話したいのではありませんか」

「それもあります。そこで気がついたことがあるのです」

「はい」

「田之助は、襟巻き野郎だと思っていたら、おかしいですか」

「まぁ……」

それについては、小春も同じ疑いを持ちはじめていたからだ。

「そう思いたったのは、なぜです」

「天井から声が聞こえたのです」

「まさか」

「天井というと嘘くさいですね。言いかえます、月から声が聞こえたといったらわかりやすいですか」

かえって話がおかしくなっている、と小春は苦笑する。

「では、夜にその声を聞いたのですね」

「ううん、いつだったかあぁ」

「頼りないですねぇ」

「私もそう思います。では、ここで小春さんに気合いを入れてもらいましょう」

「……いまは、しません」

「喝（かつ）」

いきなり一休が叫んだ。

「なにをやっているんです。こんな天下が吹き飛ぼうというときに、夫婦でいちゃいちゃするとは、もってのほか」

「いちゃいちゃなどしてませんよ」

目を丸くさせて小春は答えた。

「それに、どうして天下が吹き飛ぶんです」

「空が私にそう教えてくれるからです」

「おふたりとも、頭が変です」

そうかなぁ、首を傾げながら、冬馬は小春に問う。

「とにかくあの嘘つき田之助は、襟巻き野郎です」

「小僧です、襟巻き小僧。襟巻き野郎ではありません」

言葉は正確にいわなければいけないとでもいいたそうに、一休はにんまりとする。

「いまは呼びかたなど、どうでもいいのです。問題は、田之助が嘘つきだという事実です」

「おやおや、それはまだはっきりしてはいませんよ」

「私は、わかります。月が教えてくれたのですから」

「まぁ、田之助は月見屋の養子ですからね」

そこまでです、と小春は叫んだ。

「とにかく、田之助さんの正体が襟巻き小僧かどうかはおいといて、両親が殺された話を聞いたときから、ちょっとした奇妙な感触はありましたよ」

小春の言葉に、一休は応える。

「それは、初めから疑いの目で見ているからです。とはいえ私も、田之助からは、禅とは相容れないなにかを感じていました」

「へぇ、そうなんですか。ではどうして、私のところに連れてきたんです」

「田之助と出会ったきっかけはいえませんが、話を聞いたかぎりでは、大変な経験をしたんだろうとは想像がつきましたよ。一休は、ひと目見ただけで、どんな人間か読めるのです」

「それなら、嘘つきも最初から気がついていたんですね」

冬馬は、あくまでも田之助を嘘つきとして通し続ける。

たしかに、田之助が襟巻き小僧だとしても、ここにいる三人は驚きはしないだろう。

小春が疑惑の目を田之助に飛ばしてから二日も経たずに、襟巻き小僧が飯田町にある武家に忍び入った。しかも、わざわざ見張りに見つかるような動きを見せ、絹の襟巻きをひらひらさせてみせた、というのである。

その行動には、理由が隠されている。

小春へのあてつけだ。そうとしか小春には考えられなかった。

――これは、なんとかしなければ……。

ほのかな焦り(あせ)が生まれた。

田之助が襟巻き小僧だとすると、冬馬が捕縛するべき敵である。そこまで気がついたなら、このまま目をつぶっているわけにはいかない。一休はそんな相手と知っていて連れてきたのだろうか。

さきほどのいいかたでは、田之助の身上(しんじょう)などに疑念はあったとしても、裏稼業までは知らずにいたようである。

「そうだ、大会を開きましょう」

突然、一休が叫んだ。

「また突然、おかしなことをいいだしましたねぇ。大会とはなんです」

冬馬が呆れ顔をする。

「隠し芸大会です」

「……なんです、それは。意味がわかりません」

頭をポリポリと掻きながら、一休は答える。

「田之助さんは、鬼の歯を持ち、肩口に稲妻の傷を持っている男を探しているのでしょう。それなら、肩口が見えるような工夫をすればいい、ということになりますね」

眼の前にいる坊主頭は、知恵者一休という世間の認めかたとはまるで異なるような、ぼうっとした顔つきである。

「でも、そんなやつをこの広いお江戸から探しだすのは、砂のなかで蟻(あり)を探すようなものです」

蟻ではなく針だろう、と冬馬はいいたそうだが、今回はよけいなことはいわずにいる。

「大会となれば会場選びやら、集まる人たちの整理、座る場所には筵(むしろ)が必要になりますよ」

「そのくらいなら、私の頓智でなんとかなります」

「頓智でそんなことができるとは知りませんでした」

「そうですか。最近は、千両箱を頓智というんですよ。大会の優秀者には、五千両をあげます。それくらいしたら人は集まるでしょう。でも、集まりすぎても困ります。そこで……」

一休は、参加費を五百両にするというのである。しかも、芸だけではなく、彫り物がある人、と条件を付け加えるというのだ。

「そうすると、肌が見えます」

肩がはだけて、稲妻型の傷が見つかる、というのだ。それに参加するためには、五百両も必要となると、庶民には無理である。

「金持ちしか参加しませんね」

「ね、いい頓智でしょう」

冬馬と一休は、大会の進めかたを決めようとしていた。ふたりの姿を横目で見ながら　小春はそっとその場から離れる。

冬馬と目が合ったが、どこに行くのかとも聞かずに、また一休に目を戻した。冬馬はひとつのことに気が向きはじめると、それだけに集中して、ほかに目が向かなくなる。

小春は、組屋敷を出て、八丁堀から田之助の住まいがある神田明神下へと駆け抜けた。

神田明神下の通りは、これから参拝する人や帰りの人たちで混みあっている。そんななか、小春は田之助から聞いた武蔵長屋の木戸前に立った。

なぜか木戸の前に、大小の木刀が立てかけられている。不審者を追いだすような意味があるのだろうか。武蔵長屋の名前にちなんでいるのか、と小春は笑みを浮かべる。

田之助について木戸番に尋ねると、朝から留守だと答え、毎日出かけていくわりには、金に困っていないのか、仕事をしているところを見たことはない、と首を傾げている。

小春は、留守のうちに部屋を探ってみようと考えた。襟巻き小僧についての手がかりが見つかるかもしれない。

障子戸の前に立ち、周囲を見まわす。幸い、長屋の住人は出かけているのか、内に籠もっているのか、静かである。これなら、もぐりこめるかもしれない。戸に鍵などはついていない。すばやく開いて、土間に足を踏み入れた。九尺二間。普通の長屋である。部屋の中央に長火鉢(ながひばち)があり、壁際に簞笥(たんす)と違い棚が設置されている。思いのほか、きれいな部屋だった。奥にも障子戸があり、そこから外に出られるような造りだ。

柳行李(やなぎごうり)を見つけて開いてみたが、小袖や帯が詰められているだけである。さらに見渡すと、違い棚に文箱(ふばこ)が置かれていた。

秘密の匂いを感じて小春は蓋(ふた)を開くと、書簡が束(たば)になっていた。一枚ずつ開いてみると、ほとんど月見屋の榮太郎から送られているものだった。

ざっと目を通すと、田之助の身体への質問や、金銭への心配りだった。

秘密の内容ではない、と、もとに戻しはじめたとき、

——おや、これは……。

最後の一枚に、ねずみ小僧と襟巻きという文字が目に映った。しっかり読もうと思った瞬間、表戸に手がかかる音が聞こえた。

あわてて、裏の障子戸から外に飛びだした。

裏の路地をまわりこんで、陰から様子を探った。

田之助は、すぐ外に出て井戸で水を汲んでいる。身体を拭いているらしい。

小春は、裏から外の通りに抜けて、道端の床店(とこみせ)に入った。安物の簪(かんざし)や笄(こうがい)、鼻緒(はなお)などが売られている。

店の前には傾(かたむ)いた長床几(ながしょうぎ)が置かれている。小春はそれに腰かけた。

店主は横目を送ってきただけで、文句もいわず櫛を削(けず)っている。追いだそうという雰囲気はない。小春は、ときどき田之助の長屋に目を送る。

「あきらめたほうがいいぜ」

いきなり店主が声をかけてきた。怪訝な目を向けると、

「あんただけじゃねぇんだよ。あの男目あてに来る女は」

「………」

「それにな、あの男は、女には目もくれねぇ」

「……へぇ」

「まぁ、身なりはきちんとしているし、行儀もいいから惚れるのもわかるがな」

「はい」

長床几は田之助目あての女たちが座るのか、と苦笑いをすると、店主はその気持ちに気がついたのか、にやりとして、

「やつが出てくるまで、待っていてもいいんだぜ。だけどなぁ、まぁ気持ちってぇものがあるだろうからなぁ。おめぇさんが、俺に礼をしてぇというなら、もらってやってもいいんだがな」

意味ありげな目で、小春を見つめる。

「わかりました。では」

小春は懐から小粒を取りだし、店主の手のひらに乗せて笑みを浮かべた。

七

その日の戌の刻。

武蔵長屋の木戸番が木戸を閉めはじめた。自身番から少し離れたところに立つ常夜灯の灯が、かすかに周囲を照らしている。

小春は、常夜灯の陰から武蔵長屋の様子をうかがっている。田之助を待っているのだ。

床店の店主は、小粒一枚加えたら、こんなことを教えてくれたのである。

「あいつはねずみ小僧か、襟巻き小僧にちげぇねぇ」

「……そう思う理由はなんです」

「木戸が閉まるとな、かならず出かけるんだ」

店主は、夜は夜鳴き蕎麦屋を開いているという。屋台の場所はここから半丁離れたところだが、毎夜、木戸をくぐり抜ける影が見えたという。

不審に思って気を配っていると、田之助が忍びのように音もなく出かけていた、というのである。

野郎は堂々と木戸破りをしているんだ、と店主は口をゆがめる。

「だからな、俺はあいつがねずみ小僧か、襟巻き小僧のどちらかだと思うんだがね」

へへ、と笑いながら、小粒を袂に放りこんだのであった。

――ねずみ小僧でなければ、やはり……田之助は襟巻き小僧。

ささやいてから小春は、留守を頼もうとしたときに帰ってきた母の言葉を思いだし、怒りを覚えていた。留守を頼むのは、冬馬が起きて自分がいないと騒ぎたてるだろう、そこを夏絵にうまくごまかしてもらうためでもある。

ところが、夏絵はやたらと五千両について気にしているのであった。あの企みは本当にやるのか、開催日は、その時間は、どこでやるのか……。

五千両を盗むつもりかと問うと、私はねずみ小僧は引退したよ、と横を向いた。

――まったく、お金が絡むと、目の色が変わるんだから……。

母とはいえ、呆れてしまう。

そんな怒りを抱えながら、田之助の真実を確かめよう、と常夜灯から木戸を睨んでいたのであった。

店主は毎夜、と告げていたが、襟巻き小僧が毎夜姿を現わしているわけではない。だが、店主は近頃は毎夜怪しい影を見ている、といった。

その日付を聞くと、田之助が八丁堀の組屋敷を訪ねてきた日と一致している。

つまりは、小春が疑いの目で見たときから、田之助の動きが活発になったということになる。

そして、武家屋敷を中心に、襟巻き小僧が出没しているのだ。

――今晩、正体を暴いてあげるわ……。

小春は、視線に力を入れた。

木戸の潜り戸が開いた。本来、木戸が開くのは、妊婦が産気づいたときや、病人が出たときなど緊急のときだ。それ以外は、木戸番が見張っている。

あっさり開いた理由は、木戸番に鼻薬を効かせているからだろう。月見屋の養父から送られてきた金子は、こんなところで生きている。

田之助は長屋を出ると、神田明神のほうへと向かった。

周囲を気にもせずに、御成街道から下谷広小路に進んでいく。神田明神から浅草寺までは、約二十丁。普通の足なら半刻だろうが、田之助はそこをゆうに四半刻も残して駆け抜けた。

――恐ろしく速いわねぇ……。

その韋駄天ぶりに舌を巻く。追いかける足がもつれそうだ。

田之助が足を止めたのは、大川橋を東詰へと渡りきったところだった。目の前には細川若狭守の下屋敷がある。となりは藤堂家の大きな黒塀が人通りをさえぎっている。さらに北へ進むと、広大な水戸屋敷が鎮座している。武家屋敷が並んでいるために、帰りそびれた酔っ払いもいない。

田之助は着物を一度脱ぎ、裏側にして羽織り直すと、首になにかを巻きつけた。影は、細川屋敷の海鼠塀(なまこべい)を飛び越えた。

その姿を目に焼きつけると、小春も気配を消した。


「ふ……やはり来ましたね」

「どうして、こんなことをしているのです」

「理由は、一休さんと一緒に組屋敷をお訪ねしたときに話しました」

「それはお聞きしましたよ。でもね、こんな無駄な忍びをする必要はないでしょう。探している相手は、肩口に稲妻の傷を持つ商人ではありませんか」

「ふふ、小春さん、あなたが姿を現すときを待っていたからです」

「………」

「ひと筋縄ではいかなさそうな奥方に見えましたが、まさかねずみ小僧だとは。驚きました」

数間置きに掲げられている燭台の明かりは、ほとんど意味がないほど、細川屋敷の廊下は闇に溶けていた。その一角で、ねずみ小僧と襟巻き小僧は言葉を交わしている。

「私がつけていると知っていたのですね」

「……自信はありませんでした。そこでいつもより足を早めてみました。すると、かすかに息遣いが聞こえて、つけられていると気がつきました」

「そうでしたか」

――あの韋駄天は罠だったんですねぇ……。

「私の正体を知ってどうするんです」

「どうもしません。ただ、あなたの正体を暴けたら、それが私の身の安全につながると思っただけです」

「そういうことですか。見事に出し抜かれました。さすがです」

「江戸一番の人気者に褒めてもらえて、嬉しいですねぇ」

「これで、もう無駄な押し込みはやめますね」

「もちろんです。目的は達しましたからね」

その言葉を残して、襟巻き小僧の姿は消えていた。

苦笑いをしながら、小春の身体も飛んだ。

「一休さん、私にお任せください」

五千両の餌を巻き、参加費五百両という前代未聞の隠し芸大会が、ここ、両国の船宿、貴船屋で開催されようとしていた。

冬馬は、自分が受付をやって、田之助の仇を見つける、と張りきっているのだ。一休がどこからか連れてきたのか、ふたりの女中がお膳を運んだり、出場者への案内をおこなったりと忙しく動きまわっている。

芸を見せる座敷の端に設えた縁台を前に座っているのは、一休である。そこで、参加費を集めているのである。冬馬は自分がやろう、と申し出たのだが、

「町方の顔が正面にあったら、参加する人が帰ってしまいますよ」

女中のひとりにはっきりいわれて、しぶしぶあきらめた。

参加費五百両という縛りがあるためか、さすがに参加する者は一刻にふたりあるいは、三人程度である。

おおっぴらには顔を出すなといわれた冬馬は、押入れに身をひそめることにした。押入れの半分は布団が重なり。その上で身体を縮めているのだ。

――暑い……暑い……それにつまらない。

繰り広げられる金持ち旦那たちの下手な隠し芸に、あくびを続けていた。

会場の準備を手伝っていた小春は、参加者が一段落したため一休が座っている受付にまわった。一休は小春の顔を見ながら、にやにやしている。

「なんでしょう。私の顔になにかついていますか」

「はい、ついてます。なにかいいことがあったと……あぁ、違いますねぇ。なにか気になっていることを解決できたときのような……」

「まぁ……」

思わず、小春は頬を撫でた。

「たいそう美しいです」

「……お世辞はそのくらいで。どうですか、参加してくれたかたたちは、ご自分の隠し芸に自信満々ですが」

「はい。下手くそばかりですね」

参加する旦那衆は、小唄(こうた)や詩吟(しぎん)、なかには声色(こわいろ)などを披露する者もいたが、いずれにしても、文字どおり旦那芸(だんなげい)でしかない。冬馬でなくてもあくびをしたくなるような時間が過ぎていく。

巳の刻からはじまって、いまは、酉の刻になろうとしている。ここまで、受付を通ったのは十二人だ。多いのか少ないのか、判断に迷いながら、小春はため息をつく。

もっとも、目的は隠し芸の品定めではない。肩口に稲妻形の傷を持つ男探し。傷のある男を探しているのだ。

「大店の店主が彫り物を入れているとは驚きました」

呆れながら小春がいうと、一休は頭を掻きながら、

「まぁ、ある程度の人数は来ると思っていましたけどね」

「そろそろお開きにしてもいいかもしれませんね。そこに積みあげた五千両は無駄になりますが」

「はい。まぁ、今回の企みが失敗に終わったら、また次を考えましょう」

そうですねえ、と小春は肩を落とす。

田之助は天井裏からのぞいているはずだ。そのほうが肩口が見えるだろう、という一休の案だった。

「おや、また階段をあがってくる音が聞こえますね。いま十三段あがりました」

「数えたのですか」

「私は、一休ですから」

「……よくわかりませんが、まぁ、いいでしょう。これで十三人目ですね」

「この旦那で終わりにしましょう」

八

十三人目の旦那が入ってきた。きょろきょろと落ちつきがないのは、五千両を探しているのかもしれない。

「あ……もう終わりましたかね」

「あなたはすばらしい。運がいい、というか、運がつきますよ」

一休が答えた。

「はて、それはどういう意味です」

「ちょうど十三人目ですから」

「……なんだかよくわかりませんが、まあ、運がいいというなら、素直に喜んでおきましょうかねぇ」

「わかりませんか」

「なにがです」

「十三をよく見てください。十はとう、ともいいますね」

「あぁ、そうですねぇ……あ、ちょっと待ってくださいよ。十がとうなら三は、み、だ。そうか、とみか、つまり富ですね」

　十三人目の男は、積みあげられている五千両に目を向けた。

「おわかりいただけたようですね。ですから、運がつくと申しました」

「これは幸先がよいぞ」

　男の顔はうっすらと赤みを差している。どうやらすでに酒が入っているようである。そして、また階段をのぼる足音が聞こえてきた。ひとりやふたりの足音ではなかった。

　あきらかに酔っ払っているような、大きな声も聞こえてくる。

「あぁ、うちの若い者たちです。私の芸を見ようというのです。入れてもいいですよね」

「もちろんです。そのほうが力も入れやすいでしょうしねぇ」

　五百両いただきます、という一休の声で、男は十両包を五つ取りだし、縁台に投げだすように置いた。大金を無造作に扱っているように見えて、小春は嫌悪を覚える。

　お名前を書いてください、と一休にいわれて筆を持ったとき、天井ががたりと鳴った。思わず男が見あげる。

「あぁ、ねずみが出たのでしょう」

一休の言葉と同時だった。冬馬が隠れていた押入れから飛び出てきたのである。

「ねずみ小僧、御用だ」

「な、なん、なんですか、いきなり」

「今日は逃しませんよ。とうとう正体が……」

冬馬は、男が書いた名前を確認しながら、

「下谷車坂町、石戸屋銀蔵……神妙にしなさい」

迫力のない冬馬の啖呵に、銀蔵は目を丸くしている。

「どうして、私がねずみ小僧なのでしょう」

続いて、天井から黒い影が落ちてきた。

「俺が聞いたからだ」

天井に身をひそめていた田之助が叫んだ。小春の目には襟巻き小僧風の黒ずくめだが、襟巻きはない。冬馬がいるから外しているのだろう。

「その鬼歯は忘れはしねぇ」

田之助は、銀蔵を睨みつける。

「それに肩口の傷もだ。稲妻に似てるから一度見たら忘れることはできねぇ」

「誰だい、てめぇは」

それまで商人然とした応対をしていた銀蔵の目つきが、剣呑な雰囲気に変わった。言葉遣いも乱暴になっている。

「忘れたのか。と聞いても覚えているわけがねぇだろうなぁ。おめぇさんが押し入った木場の木乃屋を覚えているだろう」

「なんだって、知らねぇよ、そんな店は」

「ふん、しらを切っても無駄だ。肩をはだけてみねぇ」

「おめぇさんの言葉なんぞ聞く気はねぇよ」

「そうはいきませんよ」

すすすっと前に出たのは、冬馬である。無防備なその進みかたに、銀蔵は一瞬気が抜けたのか、ぼうっと突っ立っている。

「神妙になりましたね。なかなかいい心がけです」

「ふ、笑わせてくれますねぇ。どうして私が神妙になるんです。ただ、あなたのぼんやり顔に驚いただけですよ」

「……神妙にしてください」

「ひょっとして、馬鹿の真似をして、本当はすごいやり手ということかな。いや、違うな、その顔は素のようだ」

いいかげんにしろ、と叫んだのは田之助だった。

「木場の木乃屋冨右衛門は、俺の父親だ。おめぇは俺の目の前で両親を殺したんだ。命はもらうぜ」

「いやだぜ」

てめぇら、という掛け声がかかると、後ろでいらいらしていた手下たちが、いっせいに田之助に飛びかかった。ひとりで相手にするには多すぎる。田之助は後ろに飛びのいて、腰をかがめた。

小春は、冬馬に声をかける。

「旦那さま、田之助さんを」

はい、と答えると冬馬は、敵の輪を突き破る。

「みなさん、こんなところで暴力はいけません。田之助さんから、いえ、ここから離れたらそこの五千両を差しあげます。さぁ、どうしますか」

「なんだと」

「持っていっていいのか」

「本当かい」

手下たちは口々に問いながら、目を輝かせる。

「もちろんです」

受付でじっとしていた一休は、苦笑いをするだけで、否定はしない。後ろで怖そうにしていた女中ふたりが、すぅっと廊下に逃げた。その姿を見た小春は怪訝に思う。

動きに、そつのなさを見たからだった。

手下五人は、冬馬にもう一度、確認を取る。問題はないという冬馬の返答に満足した五人は、それぞれ千両箱を担いで、その部屋から逃げだした。

廊下に出たとたん、がたんばたん、という音が聞こえた。

思わず小春が確かめると、五人の前に女中ふたりが立っている。手には、木戸の前に置かれていたと思える木刀を持っていた。

「あなたたちは……」

「一休さんに雇われた者です」

そばに立った一休が笑っている。

「ね、私には知恵があるといったでしょう」

ひとりが、お知(とも)さんで、ひとりはお恵(けい)さんなのだという。

「本当ですか」

女中ふたりに小春が問うと、ふたりはにやにやしているだけであった。

九

思わぬ形で手下たちが倒された銀蔵は、逃げ場を探しているようである。

「だめです。逃しません。あなたがいまから八年前、木場の木乃屋に押し入ったねずみ小僧だとしたら、百年逃げても追いかけます、いや、ここで捕縛しますから、それはありませんが」

「……あんた、本当に町方かい」

「おかげさんで」

やい、と田之助が匕首を腰にあてて叫んだ。

「問答無用だぜ。子ども心に、おめえの稲妻傷はしっかり覚えているんだ。ねずみ小僧だといった言葉もな」

目を爛々(らんらん)とさせながら、田之助は叫び続ける。

冬馬はうなずき、小春は嘆息しているなか、銀蔵は鼻を鳴らす。しかし、逃げ道はない。廊下には恐ろしい女中ふたりが控えているのだ。

それでも、田之助の肩が動いた瞬間、銀蔵は廊下に向けて飛んだ。身体を丸めて障子戸の桟をぶち壊し、穴を空けて飛びだしたのだ。突然の出来事のせいか、女中ふたりの動きがひと息遅れた。

その隙に乗じて、銀蔵は階段を数段飛びおり、一階の板の間まで転げ落ちた。

逃げるか、という田之助の叫びも虚しい。

外は、すっかり日が落ちている。

このままだと、闇のなかに溶けこまれてしまう、と思ったそのときだった。

「やい、偽のねずみ小僧」

向かいの武家屋敷から、黒い影が叫んでいた。

鼻手ぬぐい姿に黒装束。月の光を受けながら、賊姿が立っている。

「人殺しの汚名を着せられたまま、黙ってはいられませんよ。だからこうやって、偽ねずみの捕縛を助けるために、登場してやったのさ。どうだい、猫の旦那、本物は、人殺しなんぞしてませんよ」

冬馬の目が泳いでいる。どっちを追いかけたらいいのかと悩んでいるらしい。

数呼吸の間をあけて、

「お女中さんたちは、銀蔵を。私はねずみ小僧を捕まえます」

叫びながら武家屋敷に向けて駆けだした。

小春は、旦那さまったら、と呆れながらすっと身を隠した。すぐさま、裏地で着替えて、自分もねずみ小僧の姿に変身する。まさか母の夏絵がこんなところに出てくるとは予測していなかった。

——それで、私に五千両の話をしつこく聞いたのね……。

いや、あわよくばと考えていたとしてもおかしくはない。あの母の頭のなかを予測するのは大変である。

女中ふたりと田之助に追いつかれた銀蔵は、女中の木刀に肩を砕かれ、その場にへたりこんだ。

田之助は、すぐさま肩口を引っ剝がした。

「あった……やはり、おめぇが」

匕首を棟の突き刺そうとした瞬間、

「待った。人の命はどんな悪人でも奪ってはいけません」

一休が田之助の腕を取っていた。

「いまその匕首を突き刺したら、田之助さん、あんたも地獄に堕ちます。富が泣きます」

それでも仇だと叫ぶ田之助の鳩尾（みぞおち）に、一休は当身（あてみ）を入れた。

悔しさと悲しみをまとった瞳が、その場に倒れた。

冬馬は混乱している。本物のねずみ小僧が現れたのは嬉しいのだが、その姿は、あちらと思えば、またあちら。武家屋敷の上にいたと思ったら、今度は、大川沿いの松の木の陰から声が聞こえ、追いかけると、今度は町家の屋根の上から揶揄（やゆ）する声が聞こえてくる。

呼子（よぶこ）を吹いて加勢を頼んだが、下っ引きたちが集まってきたころには、ねずみの姿も声も消えていた。逃（のが）した悔しさはいつものことだが、それでも冬馬はなぜか満足の表情を見せている。

変身から戻った小春がそばによると、

「小春さん、いままでねずみ小僧を取り逃がしていた理由に気がつきました」

「まぁ、それはどのような……」

「ねずみは二匹いるのです」

冬馬は真実をいいあてているのだった。

ねずみ小僧は取り逃がしたが、木乃屋事件は長年の時を経て解決をした。その働きで、冬馬は、上司の与力からお褒めの言葉をもらい、さらに金一封が出ていた。


襟巻き小僧に関して、その正体は田之助だろうと冬馬も目をつけたのだが、

「捕縛するだけが、能ではありません」

そういって、襟巻き小僧についての探索をおりたいと申し出たのである。

どうせ、今後田之助は盗人を廃業するだろう、と冬馬は考えてのうえだと、小春に語った。

「盗人だとしても、せいぜい一両とか二両です。それに、ほとんどの商家からは訴えは出ていませんからね」

一休もにこにこしながら、その話を聞いている。

「ところで一休さん、お聞きしたいことがあります」

小春が笑みを浮かべる。

「はい、なんなりと」

「銀蔵に運がつくといったのは、つきがまわってくるという意味ではなく、運が尽きるという意味だったのですね」

「はい」

「銀蔵が田之助さんのが仇だと知っていたんですか」

「いえ、ただなんとなく言葉が口から出ただけです。でも、ひとつは階段をあがる音が気に入らなかったのですよ」

「へぇ、どんなところが」

「足音が乱れていました。そういう輩は心も乱れているものです」

「本当ですか」

　一休は、ぐんと顔を突きだして答えた。

「私は、禅宗の修行をしてますからね。心の乱れ、行動の乱れ、人としての乱れなどが読めるのです。南無三……」

「では、十三という数字に富がつく、という言葉は、父親の富右衛門の富だったのですね」

「……南無三」

　あれ以来、襟巻き小僧の姿は江戸から消えた。田之助が月見屋に戻ったからで

ある。戻った田之助を前にした榮太郎は、手を出して、

「田之助、おまえは私の子どもです。文にも書きましたが、襟巻き小僧などという輩は、そろそろ廃業してもらいますよ」

「え……」

文には、おまえがもし襟巻き小僧だとしても、子どもは守る、と書いてあったのである。

その返答はしていない。

——すべてはばれていたらしい……。

田之助は、榮太郎の顔を見る。

「私たち夫婦の子どもは、田之助、おまえだけです。つまりは、この店を継いでもらわねばなりません」

「………」

「ですから、襟巻き小僧は廃業してもらう、といいました」

「……はい」

榮太郎は、手を出し続けている。

「大事なものだとは知ってます。ですが、当分、あずかっておきます」

「はい」

田之助は、懐から絹の襟巻きを抜き取った。

「これをまた襟に巻くときは、小僧ではなく、月見屋のご主人さまになったときですね」

榮太郎の言葉が終わると、田之助は畳に手をついた。

畳の縁が涙で色を変えた。

第二話　逃げる女

一

「本当に女心なのでしょうか」

八丁堀の組屋敷から通りに出た瞬間、冬馬は足を止めて、空を見ながらつぶやいた。小春が怪訝な顔で問う。

「……なんの話でしょう」

「秋の空です」

「あぁ、女心と秋の空、ですね。でもねぇ、じつは男心と秋の空のほうが出まわっているんですよ」

「おや、そうなんですか」

「草双紙の絵のそばに、川柳などが書かれていますね」

「そうなんですか、あまり読んだことがないのでわかりません」

「はい、そうなんです。そこには、男の心は秋の空、とかなんとか。そんな風に書かれている場合が多いのです」

「私の心は、秋の空ですか」

「もしそうでしたら、私はここにいませんでしたよ」

「そうですか、では」

冬馬は、両手を広げて唇を突きだす。

「まだ昼です。おやめください。人が見てます」

「では、そこの薬師堂へ行けば誰もいません」

「はい、行ってらっしゃい」

小春は、冬馬を薬師堂とは反対に向けさせ、背中を押した。

「なんだねぇ、まったく。あんたの旦那は頭が変だよ」

小春の母、夏絵がどこからともなく現れた。肩を揺すりながら出てきたのは、冬馬の言動に呆れているからだ。

「差配さんと若旦那は来てませんよ」

襟巻き小僧の一件が落着してから、差配と若旦那の訪問はない。

「なにいってるんだい。私がそればかりあてにして顔を出しているとでも思ってるのかい」

「違うんですか」

「違うね、おまえたち夫婦の様子を、うかがいにきてるんだ。いっておきますがね。私はまだ、あの猫いらずみたいな顔をした町方との祝言を認めたわけではありませんからね」

「いまさら、なにをおっしゃってるんですか」

「いい続けますよ。灰になるまでも」

肩をすくめた小春は、夏絵を無視して屋敷に戻った。夏絵も一緒に屋敷に入る。周囲を確かめるように見まわしている。やはり、差配が来ていないか探っているらしい。

「いませんよ、おふたりとも」

「本当らしいねぇ。次はいつ来るんだい」

「さあ、若旦那と病気の兼ねあいでしょうから、誰もわかりません」

「残念だね」

「それより、ちょっと大変なことが起きました」

「屏風の虎が、外に飛び出てきたかい」

「ねずみ小僧が二匹だとばれました」

「おやおや、あの猫にしては上出来だ」

本来はふたりいるわけではない。夏絵は引退したからである。しかし。銀蔵捕縛のときに、ふたりで冬馬を翻弄した。

「ばれたといっても、いまは一匹だけじゃないか」

「ですが、銀蔵を捕縛するときに、やりすぎたのかもしれません」

「気がついたのは、あの頭の変な旦那にしては上出来、上出来」

「だからといって、私たちに目が向くとは考えられませんけど」

小春の気持ちは晴れないようだ。

「あの旦那のことだから、突拍子もないところから気がつく場合もあるかもしれないというんだね」

「冬馬さんは、けっこう鋭い目を持っていますから」

「常人じゃわからない、なにかをねぇ」

たしかにそうかもしれない、と夏絵は答えてから、

「おや、もっと常人じゃない人が現れたようだね」

戸口から、たのもう、という声が聞こえた。

「あの声は、若旦那だよ」

夏絵は嬉しそうに、音の方向へ首を傾けた。その目の奥には、金子（きんす）の色がついているようである。

「今度は誰なんです」

茶筅髷（ちゃせんまげ）を結って、長煙管（ながきせる）から煙を吐きだす若旦那に目をやり、冬馬は、目を丸くしている。

「平賀源内（ひらがげんない）の先生ですか」

小春が恐る恐る尋ねると、

「おう、奥方はさすが学がある」

ぶわぁと煙を冬馬に吐きかけ、

「それに比べて、そこの唐変木（とうへんぼく）顔はだめだ」

「……なんです、唐変木顔とは」

「鏡を見ますか」

「見ません」

「それは残念。江戸一の唐変木顔を拝めるところだったのに」

「し、し、失礼な……」

怒りたいのかどうなのか、冬馬はじっと源内を見つめていると、落ち着きなく身体を揺すり続ける。そして、手を伸ばすと、襟をつかんで引っ張った。源内の顔が伸びて、

「な、なにをする」

「襟がねじれていました」

「それを直したのか」

「見ていると気持ちが悪かったので」

「身体を揺すっていたのは、そのせいか」

「気持ちが悪かったので」

なんて人だ、と源内は襟を引っ張り続けた。

「まぁまぁ、源内さん。そこまでにしておきましょう」

「ふむ、まぁいいであろう。まぁ、私のまわりにも人の身体を切り刻んだりするような、変人はいるからのぉ」

その変人とは、蘭学事始（らんがくことはじめ）や、解体新書（かいたいしんしょ）を著した杉田（すぎた）玄白（げんぱく）のことだろう。源内は、

にやりと口だけをゆがませて笑っている。じつに、不思議な笑みである。

「源内先生、なにか目的があるんでしょう」

冬馬を訪ねてきたのは、ただの物見ではないはずだ。小春は、訪問の真意を確かめようとする。

「ふむふむ、私は、男にももてるが、女にももてるのだ」

差配の千右衛門は苦々しい顔つきをしながら、

「じつは、あるおなごのかたが、源内さんを頼ってきているのです」

「へぇ、このおかたをねぇ。ほかにいなかったのでしょうか」

冬馬は、驚きの目で源内を見つめている。こんなおかしな格好をした、侍とも商人とも思えぬ男を頼る女がいるのだろうか、といいたいらしい。

「そのおかたは、どんなことでお困りなのです」

小春が、やんわりと問う。

「なに、女郎をやっていたんだがな。足抜けをしたから、その追手から逃げたい、とまぁ、そんな話だよ」

その答えに、冬馬はさらに怪訝な目を向ける。

「それがどうして、私たちにかかわりがあるのですか」

足抜け女の追手を追い返すためだけに、町方を使うのか、と冬馬は呆れた声を出した。

「じつはのぉ、こんな話なのだ」

源内は、まるで人形浄瑠璃の舞台にいるような口調で語りだした。

「ときはぁ〜〜〜文政七年の長月〜〜〜ある晴れた昼のこと〜〜〜」

二

お小夜は、布団から身体を起こすと、耳を澄ました。男衆の罵声が聞こえてきたからであった。

ここは、深川櫓下にある高窓屋という女郎屋である。

狂おしいほどの暑い夏が終わり、汗を掻いても爽やかさを感じるような秋も越えた。しかし、お小夜は季節の変わり目を感じない。

大きな声は、喧嘩なのだろうか。どうせ客と揉め事でも起きたのだろう。近頃はどういうわけか、揉め事が多い。

あぁ、とため息をつくと、ここへ連れてこられた日々を思いだす。

あれは、いまから二年前……の浅草。

金竜山浅草寺の境内には、どこから飛んでくるのか、色を失くした落ち葉が風に吹かれ、ところどころで渦を作っているのだった。

このとき、お小夜は浅草寺境内にある水茶屋の女だった。少しばかりの小遣いができた。ときにはこうやって店を出て、ひとりで過ごす間もある。ときどき客に見つかって面倒なことになるときもあるが、それもまた楽しい。

しかし、お小夜の顔は沈んでいる。

——私はどこに行くのだろう。

そんなことばかり考えているからだった。どうして暗いことばかりに気持ちが向いてしまうのか、と自問する。おそらく、父の居場所が不明のままだからに違いない。

お小夜は、安房勝山の生まれだった。父親は網元であった。

といっても、わずか二艘の船を持つだけである。それでも、生きていくうえで困る話ではなかった。

その生活が狂ったのは、お小夜が十五歳になったときである。下総の海が荒れた。そして、父親が持っていた船が二艘とも破損してしまったのである。

父親は、網元の生活を捨て、暮らしを立て直そうとあがいていた。毎日朝早く出かけて、夜まで戻ってこない。母親は身体が弱く、助けることができないと泣き暮らす日々である。

それでも、弱った身体にむち打ち、行商などに手を出そうとしていたらしい。その無理がたたって、母が亡くなった。それからすぐ父は姿を消した。

お小夜は、親戚にあずけられたのである。

やがて十八歳になったお小夜は、江戸に出た。張り紙で見た水茶屋に飛びこんでみると、店を切り盛りしている女将、お道に気に入られた。

一年間、必死に働いた。贔屓もできた。子どものころから親に似ず、顔は可愛い、といわれていたおかげかもしれない。一番人気ではないが、二番手として人気を保っている。給金もあがった。こうやって、たまに暇を取ることもできる。

それでも、ふと気持ちが暗くなる。

――おとっつぁんは、どこにいるの……。

どうして自分は捨てられてしまったのか、その理由を聞かせてほしい。店では明るく振る舞っていながらも、心のうちでは悶々としていたのである。

広小路に出ると、人の足並みが早くなった。雨が降ってきたのである。あわてて雨宿りをしようと、近くの店に逃げた。軒下で雨を避けていると、店から出てきた男が、おや、という目で足を止めた。

水茶屋に勤めているのだ、このような目で見られるのも珍しくはない。愛想よく笑みを見せると、男はさらに怪訝な顔になり、

「あんた、安房の勝山に住んでいたことはないかい」

「え……」

驚くと、男はさらに続けた。

「あんた、要蔵さんの娘さんではないかい」

「……知っているんですか、おとっつぁんを」

「やはりそうか。あぁ、知ってるよ」

男は、弥六という名前で、あちこちの呉服屋に反物を卸す行商人だといった。

普段、客相手ならてきとうに相槌を打ちながらも、心は開かずにいるのだが、父親の名前が出てから、お小夜の気持ちは穏やかではなくなっている。

「おとっつぁんを知っているなら、いまどこにいるのかも知っているんですか」

「あぁ、知ってる」

あっさり答えられて、胸がどきどきしはじめる。

「どこにいるんです、教えてください」

勢いよく問うお小夜の態度に、弥六は眉をひそめた。

「あまり知らねぇほうがいいかもしれねぇなぁ」

「どうしてです。どんなことでも知りたい……」

父親は、お小夜を気にかけている、という。それなら、なおさら居場所を知りたいと押し通した。

「ここで会ったのも、なにかの縁かもしれねぇ」

そういって、弥六はお小夜を見つめた。その目の奥に隠れた怪しい影に、お小夜は気がつかない。

「あんたのおとっつぁんは、神奈川宿にいる」

「なにをしているんです。漁師になってるんですか」

「いや……それがなぁ」

口淀んでいたが、大きくため息をついてから弥六は答えた。

「要蔵さんは、神奈川宿にある女郎屋のご主人さまになっているよ」

弥六の腰にはさんだ印籠が揺れている。印籠はそれほど高価には見えなかったが、根付に目が止まった。

象牙造りだろう。根付という小さな世界に、枯山水が描かれ、溜池のようなところから、間欠水が噴きだしているという凝った造りになっていた。

「それは……」

お小夜は根付を指さした。

「あ、あぁ、これはあんたの父親が私にくれたんだ。これを持っていると安房勝山の頃を思い出すから、もういらねぇ、といってな」

おとっつぁんは故郷を捨てたかったのか、とお小夜は心から落胆する。

「女郎屋の主になるためには、過去は捨てなくちゃならねぇ、っていってたなぁ」

弥六は、うなずきながらいった。

「それで女郎屋の……主人に」

「あぁ、だからあまりいいたくなかったんだ。もっともご主人といっても雇われだけどなぁ」

弥六はしばらく黙り、そして聞いた。

「会いたいかね」

「もちろんです。たとえ女郎屋の主人になっているとしても、私の父親である事実は変わりません」

「まぁ、そうだろうなぁ」

「連れていってくれませんか」

「……それはどうだろう。俺もなぁ、仕事があるし」

「お暇ができたときでかまいません。待ちますから」

「ふぅん、そこまでいわれちゃぁ、ひと肌脱ぐしかねぇな」

「本当ですか」

「あぁ、こんなところであんたに会ったのは、本当になにかの導きだろうからなぁ。俺もたまには、お天道(てんと)さんに褒められることでもしておきてぇ」

「ありがとうございます」


すべては嘘だった。

真実だったのは、連れていかれた場所が、女郎屋だという事実だけである。もちろん父親は店の主人でもなければ、そこで働いているわけでもなかった。つまりは、すべては出鱈目(でたらめ)だったのである。

まわりの話では、弥六という男は、関八州(かんはっしゅう)を歩きまわって、見栄えのいい女を連れてくる女衒(ぜげん)だとの話である。

そんな男にお小夜は、あっさり引っかかってしまった。父親の名前を出されたために、警戒心が消えてしまったからだ。

「それに、あんたは顔がいいからねぇ。弥六のやつは腹のなかで、上玉を手に入れたとほくそ笑んでいただろうよ」

仲間のお竹さんは、そういってため息をつく。お竹さんもお小夜から見ても、美しい顔を持っていると思う。

店は高窓屋といい、女十五人ほどの女郎屋だ。お小夜は、お秋と名を変え客を取らされているのであった。

——すべては、幻のよう……。

あっという間の二年であった。思いだしたくもない二年が頭のなかで、まわり舞台のように浮かんでくる。

お小夜が櫓下で働きだした日を境に、弥六は根付をはずした。お小夜を気遣ってのことなのかもしれないが、どこか腑に落ちない。

そこで思い切って問いただしてみた。おとっつぁんとはどこで会ったのか。その後、父親はどこに行ったのかを。すると、弥六は根付をもらったのは、本当に神奈川宿だ、と答えた。あとのことは知らねぇ、といい、神奈川の宿場でのたれ死んだんじゃねぇか、と笑った。はぐらかされた気分だったが、それ以上答えてはくれなかったのである。

　また怒声が聞こえた。うるさいねぇ、と夜着をかぶろうとしたとき、足抜けだ、という声が飛び交った。

「足抜け……誰が」

　高窓屋の女は、部屋の名前をつけられている。春夏秋冬に、松竹梅など花の名前が中心だった。声は、桔梗(ききょう)の間のほうから聞こえているようであった。だとしたら、足抜けをはかったのは、桔梗さんか。普段、女たちは会話を交わす機会はあまりない。桔梗さんがどこの生まれで、どんな嘘で連れてこられたのかは知らない。

　わかるのは、足抜けを企て、捕まった先には恐ろしい折檻(せっかん)が待っているという現実だ。お小夜は、そっと部屋から外をうかがった。ばたばたと足音が響く。桔梗さんは、外に抜けだせたのだろう。

　男衆(おとこしゅ)が、それを追っていったに違いない。

　——いまならあちこちに隙(すき)がある……。

　普段は、そこかしこに番人役がいるが、いまは桔梗さんを引き戻すために、出払っているらしい。いつも立っている場所に、見張りはいなかった。

——逃げるなら、いまだ……。

お小夜は、勇気を奮って夜着を払い、着替えると廊下をうかがった。

思ったとおり、いつもの番人の姿はない。いまなら逃げることができそうだ、とお小夜は唇を噛みしめる。

離れたところから、またばたばたと足音が聞こえた。男衆が出かけるような足音だった。やはり、逃げるならいましかない。捕まったあとの心配は残るが、いまこそ千載一遇のときである。

帰る客を送る際、無意識に店の構造を頭に入れていた。それがいま役に立っている。

音を消して、外につながる中庭への廊下に出た。そこから庭に出たあとのことは考えなかった。

なんとかなるという自信だけが頼りだった。

誰にも気がつかれてはいない。店の男たちは、みな桔梗を探しに出払っていったのだろう。そういえば桔梗が逃げだすのは、これがはじめてではない。

いままでも何度か脱走を試みていたはずだ。そのたびに連れ戻され、顔が腫れていた。腰の骨を折っていたこともある。

――今回はどうなることか……。

殺されてしまうかもしれない。

そう考えると、お小夜も荒波に飛びこんだと同じだろう。それでも、お小夜は足を止めずに、荒れた海へと飛びこんでいた。逃げる先は、浅草で働いていたとき、懇意にしてくれた大店の旦那のところだった。

あのかたなら、かならず助けてくれる、という確信があったからである。

三

「長い……もっと簡潔にしてください」

そこまで聞いた冬馬は、面倒くさそうに源内の顔を見る。

「おや、わしが作った浄瑠璃よりも、おもしろいと思ったのだがなぁ」

「なんだ、作り話ですか」

「違う違う、本当に起きたことだ」

「でも、いま浄瑠璃といいました」

「それは、比喩（ひゆ）というものではないか」

冬馬の勘違いに、呆れ顔をしながら答える。

千右衛門は苦笑しながら、

「冬馬さま、いまの話は私もお聞きしております」

「へぇ、そんなに人気があるんですか」

「いえ、そうではなくてですね。実際に足抜けをして逃げてきたおなごがいるのです」

「……それが私と、どんなかかわりがあるというのです」

千右衛門は困り顔で、小春に助けを求める。

「旦那さま、つまり源内さんはその女のかたを助けたい、といいたいのですよ」

「……では、浄瑠璃とはどこで交わるのです」

「それは、たまたま話に出しただけです。創作のような形にしたら、話が見えやすいと思って、いまのような語り口調になったのですよ」

「ふぅん。ちっともおもしろくないです」

小春は冬馬を制して、

「では、逃げた女のかたが助けてくれると思って飛びこんだところに、源内さんがいたというわけですね」

「ご明察」

煙を飛ばしながら、源内が答える。

「ではでは、そのお小夜さんという人と懇意だったのが、源内さんですか」

疑わしそうな目をする冬馬に、源内は、もちろんです、と答える。

「わしは、おなごにもてるというたであろう」

「おなごの気持ちは、海の底よりも不可思議です」

ここを潮時と思ったのか、千右衛門がこれで失礼いたします、と立ちあがった。

「冬馬さん、源内さんの頼みをよしなに……」

「まだ、なにも頼まれていませんから、なにをしたらいいのかわかりません」

「これからお話しするでしょう」

差配が去ったあとで、源内が煙管を口から離して、

「これから、もっと大事な場面を語るとしよう」

とんと煙管で畳を叩くと、また、おかしな声を張りあげかけた。

「待った、待った、わかりました。もういいです。私になにをしろというのですか」

これ以上、浄瑠璃風を聞きたくないし、断りきれないと感じた冬馬は、しかたなさそうに問う。

「これから話は、もっと佳境に転換するのだが、まぁよい。ひとくちでいえば、まずは、お小夜に会ってもらいたい。話はそれからだ」

「面倒くさそうですねぇ」

冬馬の言葉には、忖度がない。

「人助けは面倒なものよ。だからこそ成功した暁には、報われるのだ」

「……わかりました、会いましょう。私になにができるのか。どんな助けができるのか、そこは確約できません。それでもいいですか」

もちろん、もちろん、と源内は煙を吐きだした。

「今戸の煙突みたいな人ですね」

大川沿いの今戸界隈には、今戸焼きを作る窯元が並んでいる。そこから出ている煙を模したのだ。

「ふうむ、今戸源内か、それも一興である」

源内は、顔を天井に向け、ぷわぁとまた吐きだして、にやりと笑った。

源内は八丁堀から出て、日本橋に出た。さらに、日本橋を東に渡って、宝町を過ぎ駿河町に入った。この界隈は、江戸でも有数の人が集まる場所である。

源内は、駿河町の一角にある料理屋の門をくぐった。まわりは竹矢来（たけやらい）で囲まれている。いかにも高級な香りで満たされた店である。外から見ると、それほど広いとは感じなかったが、一歩踏みこんだ瞬間に、まわりの景色は喧騒の駿河町から一変した。

「まるでどこぞの山奥のようではありませんか」

冬馬が感動の声をあげている。

「ふふふ、わしはあちこちを歩きまわるでなぁ。山歩きも得意なのだ」

「ここは、江戸でしょう」

「まぁ、ひとときの枯山水を楽しんでもらおうか」

源内に頼まれて、一緒に来ている小春も、目を見張っている。

「旦那さまとでは訪ねることができそうな場所ではありませんね」

「……小春さん、それはどういう意味でしょう」

「いえ、他意はありません」

「まぁ、私の給金では来られそうにありませんけどね」

迎えの女中が源内の顔を見ると、

「おやおや、若旦那、おひさしぶりで」

「平賀源内である」

女中は、一瞬、怪訝な顔を見せたが、あぁ、と気がつき、

「失礼いたしました。平賀源内さまでしたね。そのお名前で、ひと部屋お取りしてありました。お客さんがお待ちです」

「そうかそうか」

女中がこちらです、と部屋まで案内をしてくれた。

お小夜らしき女が座っている。源内が先に座敷に入った。女はすぐ端に座り直した。

「お待ちしておりました」

「やぁ、待たせたな。聞きわけのねぇやつがいて手間取った」

その言葉を聞いて、お小夜は冬馬に目を向ける。

「つまらぬことでお手を取らせて、申しわけありません」

「あいや、いや気にしなくてもいいです。源内さんの言葉は、私に向けてではありませんから。といっても、小春さんに向けた言葉でもありません」

お小夜がどう返答したらいいのか困っていると、小春がお小夜の前に座っていった。

「お小夜さんですね。大変なご苦労を強いられたと源内さんからお聞きしました。私の旦那さまがうまく解決してくれますからね、気を強くお持ちくださいね」

「……話を聞いてからです。私の心はまだ決まってはいません」

小春は、冬馬は睨みつける。か弱い女を前にしていうような台詞ではない、と目で示しているのだ。

「う……いや、失礼しました。はい、私が来たからには大船に乗ってください。たとえどんな荒波でも、すいすいと乗り越えますから」

「は、はい。ありがとうございます」

源内は、がははは、と大笑いしながら、帯にはさんでいた長煙管を持ちだした。

「こんなときは、煙を吐いて祝砲をあげねばならんな」

「祝煙です」

「はぁん、なんだって」

「祝の煙ですから」

「ははぁ、それで祝煙か。なるほどなるほど」

またも、がははは、と大笑いをしながら、お小夜の名を呼んだ。

「どうだ、私がいったように頼りになる男であろう」

「は、はい、そのとおりでございます」

ていねいに、お小夜は畳に手をついた。

「だいたいの話はしてある。あとは、この旦那がいろいろ聞きたいというておるからな」

源内は煙を吐きだしながら、お小夜に伝えた。

はい、とお小夜は身体を小さくしている。いままで、女郎屋で働いていたという気持ちは、本来の明るさを奪ってしまったのだ。

「そんなに私を嫌わなくてもいいですよ。私は鬼でも蛇でもありません」

「いえ、そんなつもりはありません。ご面倒をおかけして、申しわけないという気持ちで、つい、逃げ腰のようになってしまいました」

「逃げたいのですか」

「いえ、そうではなく」

「そうでしょうね。まだ私の前にいるのですから」

源内は、煙をふたりの間に吹きかけて、

「まぁ、ひとくちでいえば、お小夜には追っ手がかかっているはずだ。そこから逃(のが)れる策が必要だろう。それに、女衒の弥六になんとか意趣返しをしてぇ、そんなところだろう」

「ひとくちではありませんね」

「……では、ふたくちだ」

「それならわかります。そのふたくちを片付ける策を、なんとか考えてみましょう」

「それはありがてぇ。なぁ、お小夜」

はい、とつぶやきながら、お小夜は冬馬に向けて目礼をした。

四

冬馬は、弥六の居場所を見つけなければいけない、と述べた。

「おう、それなら私が、お小夜から弥六の顔を教えてもらおう」

源内が、煙を吐きだした。

「……なにをするんです」

「似顔絵を描く。それをばらまくのだ」

「ばらまいてしまったら、逃げられますよ」

「そうか、では、町方に渡して探させたらどうだ」

それはいい考えです、と小春が賛同したが、

「……源内さん、似顔絵を描けるんですか」

笑みを浮かべながら、小首を傾げた。

「なにをいうておるか。私に不可能はないのだ。なにしろ、山師であるからな」

「どうして、山師には不可能がないのです」

「山師は金銀、銅、それらの鉱脈を見つけねばならん。私はそのあたりでも、人並み外れた目利きの才を持っておるからだ。したがって、山師に不可能はない」

強引な話ですねぇ、と冬馬は疑惑の目を向けたままだ。

平賀源内と名乗っていても、中身は、どこぞの大店の若旦那である。似顔絵なぞ描けるのか、と疑問なのである。

その不安は小春も抱えてるのだろう、

「源内さんが描かなくても、絵師のかたにお願いしたらどうでしょうか」

そのほうがいい、と冬馬はうなずき、よくいってくれたと小春を見つめる。ふ

たりの間にしかわからないような雰囲気が漂い、源内は、ふんと鼻を鳴らして、

「あぁ、そういう手もあるかもしれねぇ」

　ぷわぁと煙を吐きだした。

　三人のやりとりを聞きながら、お小夜はますます身体を縮める。自分のために喧々囂々（けんけんごうごう）とやりあっている。ここ二年の間、そんな優しさに触れたことはなかった、と心のうちでつぶやく。

「みなさま、申しわけありません」

「私が思案している姿に恐縮しているなら、気にすることはありません」

「ありがとうございます」

「人助けは、私の役目です」

その目には、慈（いつく）しみがあった。暖かさがあった。人を包みこむ力があった。

源内は煙を吐き続けながら、煙管を冬馬に向けた。

「いうとることが、初めとはえらい違いではないか」

「そんなことはありません。私はいつも同じ道を歩いています」

「ふぅん、同じ道ねぇ」

「ところでお小夜さん、弥六にはなにか特徴がありませんでしたか。たとえば、

鼻が顔の半分もあるとか、顎が畳につくくらい長いとか、喧嘩のときには、銭を投げるとか」

「……そんなはっきりした特徴はありませんが、凝った根付を持っていました」

「根付ねぇ」

はい、とお小夜は弥六の腰で揺れていた印籠にくっついていた、凝った象牙の根付について説明した。

「なるほど、それはいい目印になりますね」

「お役に立ちますでしょうか」

もちろんだ、と源内が答えて、冬馬にそうだろう、と煙を吐きだす。

はい、と答えた冬馬は、ではこれでと立ちあがる。

「おいおい、話は終わったかもしれねぇが、これからお膳が出てくるんだ」

あわてて冬馬を引き止める。

「いりません。帰ります。私は忙しいのです。小春さんは食べてきてください」

「はい、旦那さまの分まで、しっかり食べて帰ります」

源内が、廊下に出てそばにいた女中に声をかけると、しずしずと卓袱料理が運ばれてきた。冬馬は、それに見向きもせずに階段をおりていく。

似顔絵の真価はすぐ出た。

北町が使っている下っ引き、密偵たちが探しまくったのである。そして、弥六は、神田に住んでいると判明したのである。さらに、ときどき深川の賭場にも出入りしていると判明した。

弥六は、深川の高窓屋にいたのである。桔梗が逃げだし、お小夜の居場所もはっきりしない。そのままでは、ほかの女探しではないのだろう、と小春は考えた。

住まいがはっきりしたところで、小春は決心する。ねずみ小僧が活躍するのは、こんなときだ。自分の働きで、冬馬が手柄を手にできるなら、変身も苦にならない。

――長屋に行けば、なにかわかるかもしれない……。

小春は、弥六が留守なのを確かめて、高窓屋にある弥六の泊まり部屋に忍びこんだ。

行商と称して、関八州を歩きまわっているらしいが、それが女目あてだと考えると、小春は胸がむかむかする。

――首根っこをおさえる証拠になるものを探しださなければ……。

顔は見たことはないが、似顔絵を見ただけでも、叩けば埃が、源内の吐きだす煙以上に湧き出てくるのではないか。

それを見つけたら、冬馬は喜ぶはずだ。

高窓屋には女たちがいる。夜になると、おかしな声も聞こえてくることだろう。そんなところに長居は無用にしたい。

小春は部屋に忍びこむと、すぐ目に入った柳行李を開いた。しかし、目ぼしいものは見つからない。

文箱のようなものがないか探したが、それも見つからなかった。

――人目につくようなところには、なにも置いていないのかしら……。

無駄足になってしまったか、とあきらめかけていたとき、衣桁にかけてある羽織の袂が重そうだと気がついた。袂になにか押しこんであるから、そこだけぶらさがりかたがおかしいのだ。

なんだろう、と羽織の袂に手を突っこんだ。

大福帳に似た綴りが出てきた。開くと、そこには女の名前がびっしりと書かれている。

――これは、連れてきた女たちの名簿……。

名前だけではなく、いくらで買ったのか、高窓屋から、いくらもらったのか、それら金額も描かれている。

なかには、支払った金銭が書かれていない女もいる。調べていくと、お小夜の名があり、高窓屋から入った料金しか書かれていない。

同じように、名前だけの欄が並んでいた。

そして……。

「おや……これはなに……」

お小夜の欄のはみだしに、要蔵と書かれていた。お小夜の父親の名だ。さらに、根付、と留書もされていた。

そういえば、お小夜は弥六と会ったとき、高価そうな根付を持っていた、と答えていた。ここに記されている根付とは、そのことではないのか。

どうして、根付がこんなところに記されているのか……。根付は要蔵さんの持ち物だったのか。としたら、

「弥六が要蔵さんを殺した……」

そういえば、父親は、自分を捨てて家を出ていった。そんな兆候はなかったのに、とお小夜は嘆いていた。

「家を出たのではなく、弥六に殺されたとしたら、突然姿を消した理由もわかるわね……」

小春は、お小夜について書かれた部分だけを、引きちぎった。

「これが要蔵さん殺しの証になるかもしれない」

冬馬の喜ぶ顔が浮かび、ふと微笑(ほほえ)んだが、長居は無用である。

すぐさま踵を返して、部屋から飛びだした。

深川の櫓下は、富岡八幡一番鳥居のそばに建つ火の見櫓の近辺をいう。火の見櫓の下だから、櫓下。

翌日、小春は深川を歩いている。いつもの奥方風ではない。木綿仕立てのよれよれになった小袖を着て、足元もふらつかせながら、高窓屋の戸口に立っていた。

なかから、若い男衆が出てきて、小春の顔を確かめる。店の女かどうか見極めているようである。見たことのない顔だと見取ったのだろう、突然、邪険な態度を取りはじめた。ぺっと唾を吐いて、

「……なんだ、てめぇは」

「助けてください」

「なんだと」

「お金が必要なんです」

「うるせぇ、邪魔だ。とっとと帰れ」

男は、聞く耳を持たずに小春を追い返した。

ここを訪ねてきたのは、弥六の懐に飛びこんでやろうと考えたからである。冬馬には内緒である。相談をしても反対されるのがおちだ。

昨日、高窓屋に忍びこんで、弥六が女たちとのかかわりを記した大福帳を見つけた。だが、それだけでは証拠としては、不足だろう。

やはり、弥六が顔を出しているという賭場に行くしかない。場所は深川三十三間堂のすぐそば、潮見橋を渡った入船町と聞いている。

木場が近いためだろう、木材の臭気が漂うなか、小春は賭場を目指した。賭場は、大きなしもた屋だという。武家なら武鑑(ぶかん)を見たら在り処はわかるが、しもた屋では足で探すしかない。

こんなときこそ、ねずみ小僧の鼻が役に立つ。

目的の家は、思いのほかすぐ見つかった。屋根から軒まで流れる気のようなものが、周囲の建物とは異なり、異様なたたずまいだったからである。出入りする人たちの姿も尋常ではない。

こんな感性も、ねずみ小僧として得た力である。もっとも、二代目までは金銭狙いが目的であったが、小春は、盗人というよりは人助けのために、受け継いだ技を使おうと決めていた。

北町奉行の定町廻り同心、猫宮冬馬の妻という座を選んだからでもある。旦那が町方で、妻が盗人では笑い話にもならない。

賭場に入ると、淀んだ空気に包まれていた。

盆座敷に入ると、わぁわぁ騒いでいる男がいた。なんと源内ではないか。源内も小春と同じく、潜入してやろうと考えていたらしい。小春は苦笑しながら、空いてる盆茣蓙に座った。

源内と目を交わす。

例によって、源内は長煙管を手にして、それを振りまわしながら、自分は山師だ、金鉱を探りあてたのだ、と法螺を吹き続けている。

駒札を張る素振りもなく、わめいているだけの源内を邪魔に思ったのだろう。壺振りが、となり部屋に合図を送った。

数人の男が座敷に入ってきて、源内を連れだした。

壺振りの正面に座った小春は、いかにも金に飢えているような雰囲気を表しながら、壺振りの手の動きを見る。

いかさまを見つけるためではない。賽子(さいころ)の動きを追っているのだ。となりの部屋には胴元(どうもと)がいて、掛け金の代わりになる駒札を売っている。

小春は、何度か壺振りの手さばきを見ているうちに、癖(くせ)を見つけた。

――これで確実に負けられるわ……。

癖を見破ったのは、勝つためではない。負けて、胴元が金を身体で払えといわせるためである。

「どうだ、金が欲しいだろう」

ほれ、これが金だぞ、と叫びながら源内は逃げ惑(まど)っている。逃げながら小判を投げつけているのだ。

「おまえたち、俺をここから追いだしたら、こんな小判からどんどん遠ざかるんだぞ、それでもいいのか」

がははと大笑いしながら、盆茣蓙の周囲を走りまわった。

「いただきだぜ」

源内を追っていた若い男が、小判を拾った。それがきっかけだった。我先にと、男たちは小判を掻き集めだした。

盆茣蓙は散乱状態になってしまい、丁半どころの話ではなくなってしまった。

胴元が、

「野郎ども、なにをしているんでぇ」

叫びながら源内に問う。

「手伝ったら、こんな大金が手に入るのかい」

「もちろんだ。どうだ、俺と一緒に山に行くかい」

胴元が答える前に、男たちは、俺は行くぜ、俺も行く、と次々に手をあげていく。

その勢いを誰も止めることはできない。

「私も行きます」

小春も手をあげると、源内は、それはいい、と答えて、

「男ばかりじゃ、殺伐(さつばつ)となるからな。それに、もうひとり、深川あたりの岡場所から逃げた女を拾ったから、そいつも連れていこう」

その言葉に、客のひとりが反応した。

「なんだって、どんな女だい」

「なんだ、あんたは。山に行ってくれねぇやつには、なにも教えることはできねぇなぁ」

落ち着いた声で源内が答えると、わざと、手をあげた男たちに顔を向けて、

「さぁ、行こうか。ついてこい」

源内は外に向かいはじめた。

「待て、待て、待ってくれ。俺も行くぜ」

男の顔は、お小夜から聞いて作った似顔絵にそっくりであった。

「……そうかい、じゃぁ考えておこうか。行きてぇという輩は大勢いるからな。わりいが全員連れていけるわけじゃねぇからな。阿弥陀籤で行けるやつを選ぶが悪く思うなよ」

「それは困る。俺はなんとか一緒に連れていってくれ」

弥六がすがると、ほかの男たちも、頼む、頼む、といいだした。

胴元が、駒札をひと抱え持ちだして、

「どうだい、これをあんたに渡すから、野郎どもを連れていってくれねぇかい」

「あんたはどうなんだ」

「俺は、身体がいうことをきかねぇから、いい。その代わり、野郎たちが掘りあ

てた金は、俺がもらうことにする。どうだい、これで手を打たねぇか」

源内は駒札を抱えながら、ため息をついた。

「しょうがねぇなぁ。じゃ、連れていくか」

「おう、そうこなくちゃいけねぇ」

考えてみたら、ほかに手伝いがいるなら、賭場で人集めなどする必要はないはずだ。源内の言葉にはおかしなところがあるのだが、小判に目がくらんでいる者たちは、そこまで頭がまわらない。

駒札の威力に源内は負けた、と勝手に思いこんだ男たちは、歓声をあげている。

「ところで、あんたはなにを、わしにくれるんだ」

弥六に視線を飛ばすと、

「しかたがねぇ。じゃぁ、俺は女をいっぱい知っているからな。よりどりみどりだってえのはどうだい」

にやけながら、小春に目を向けた。いかにも貧乏女には見えるが、その美形に弥六ははなから目をつけていたらしい。

「おい、そこの女」

「なんです」

「山掘りを手伝うそうだが」

「いけませんか」

「どうだ、俺を手伝ったら、もっといい暮らしができるようになるぜ」

「……さっきの話を聞いていたら、私を岡場所にでも売り飛ばすんでしょう」

「おや、格好はみすぼらしいが、頭はなかなかまわるらしい。おめぇなら、一番人気になれるぜ」

「いやですね。山掘りを手伝ってお金持ちになれたら、岡場所なんぞに縁はありませんよ」

「そうか、そらぁまちげぇねぇな」

五

それから二日後、山掘りの参加者たちが、八王子の高尾山口に集まった。

総勢十六名の山掘り軍団である。賭場で手をあげた五名と、弥六もそのなかに入っている。もちろん、小春もいる。そして、冬馬も町人姿で参加している。

弥六が怪訝な顔つきで、源内をつかまえて問いかけた。

「源内さんよ。たしか、深川あたりで拾った女を連れてくるといってなかったかい」

「あ、そんなこといったかもしれねぇ」

「いねぇようだが」

「あぁ、考えたら岡場所から逃げた女には、追っ手がついているだろう。そんな危ねぇ女がそばにいたんじゃ、仕事にならねぇと思ってな。連れてくるのはやめた」

「……そうかい、そうだな。たしかに危ねぇ」

「そうだろ」

がっかりする弥六を無視して、源内は心のうちでほくそ笑んでいた。

——馬鹿め、連れてくるはずがねぇよ。

まんまと弥六は引っかかったわけである。弥六としては、自分が斡旋した女が逃げたままでは、立つ瀬がない。そこで、ようやく捕まえることができると踏んでいたに違いない。それだけに、落胆の様子がはっきり見える。

賭場の五名と弥六、そして小春をのぞいた九名の連中は、どこから集めてきたのか、みなおとなしい。

よけいな口はひとこともきかずに、黙々と山道をのぼっていく。

弥六は途中で、はぁはぁ息を荒くしているが、やつらは額に汗を掻いている程度でしかない。

「源内の旦那よ」

青息吐息で山をのぼっていく弥六は、途中で源内をつかまえた。

「なんだい」

「あいつらは、どんな連中なんだ」

「山歩きに慣れたやつらよ」

「そうかい、だから疲れた顔を見せねぇんだな」

「そういうことだな」

「それにしても、よく、そんな連中を集めることができたもんだ」

「あぁ、わしは、天下の平賀源内だからな」

「……とっくに死んだと思っていたぜ」

「ふふ、煙とともに生き返ったんだ」

「馬鹿なことを」

弥六としても、本物は安永年間に死んだと知っている。目の前にいる男の名が平賀源内とは信じていない。山師には、詐欺師が多いからだ。

それでも歯を食いしばって足を動かし続けるのは、本物の金の鉱脈にあたったら、大金持ちになれるからだ。

「小春さん」

源内がそっと小春に近づいた。

「ここでその名はいけませんよ」

「おっと、これはすまねぇ。冬馬さんが見えねぇようなんで、気になったんだ」

「あの旦那さまのことですからね。なにか考えてのことだと思います」

「わざわざ身を隠してのぼっているとでも」

「さぁ、私もはっきりとは予想がつきませんねぇ」

「奥方がわからねぇんじゃ、わしには無理だな」

苦笑いを見せて、源内は先頭に戻っていった。


——来るのではなかった……。

そのころ、冬馬は一団とはかなり遅れて山道をのぼっていたのである。普段から身体を鍛えておかねば、こんな山道をすいすいのぼれるわけがない、と愚痴をこぼしながらの登坂だった。

小春は、冬馬に策があるのだろう、とはいっていたが、遅れていると気がついていたのである。源内にそのまま伝えると、馬鹿にされてしまうと思っての嘘であった。

「あぁ、本当に来るのではありませんでした」

ぶつぶついいながら、のぼっていくと、

「旦那……お待ちしてました」

手を差し伸べてきた男がいた。黒は鉢巻に襷掛け。山掘り職人風の格好をした男が、木株から立ちあがったのだ。

「これはすみません。どちらさんです」

「奥方さまに頼まれてお待ちしてました」

「……むむ、これはしたり」

「さすが奥方さまですね。こうなると初めから推測したようでございます」

「ですから、あなたは誰です」

「ねずみ小僧です」

「なんですって」

山道に挫けそうなへっぴり腰から、背筋が伸びた。

「元気が出ましたね。奥方さまが、そういえばしゃきっとするはず、と教えてくれましたので、真かどうか試してみたのです。本当でしたねぇ」

「……嘘ですか、ねずみ小僧は」

男は、ははははは、と笑いながら、冬馬の手を引く。

「仁八といいます」

「仁八さんか。あまり北町では見ない顔ですねぇ」

「そうでしょうねぇ。専門は隠密廻りの密偵などですから」

「はぁ、そうでしたか。でも、どうしてこんな捕物にくっついてきたんです」

「おもしろそうだったからです」

仁八は、答えながら笑いだした。

「旦那は、北町でも変人として知られていますからね。どんなお人か、知りたかったという理由もあります」

「私は変人なのですか」

「さぁ、いまのところは、それほどは感じません」

「どうも、私はあちこちでおかしな見方をされているようです」

最後は、半分不貞腐(ふてくさ)れているようないいかたに、仁八は苦笑する。

「急ぎましょう。あまり距離が開くと、肝心なときに間に合いません」

そうですね、と応じて、冬馬は足に力を入れた。


賭場の人間たちは、源内の、もうすぐだ、もうすぐだ、という掛け声に騙されながらも、全員目的地に着いた。

弥六は、足の骨が折れたみてぇだ、といいながらも、なんとかついてきている。

小春も脱落せずにのぼることができたが、全身が痛いと、嘆いている。

冬馬は仁八に手を引かれて、なんとか最後に追いついてきたが、すぐそばの草むらに寝転がってしまった。

「小春さん、連れてきましたよ」

仁八が小春のそばに寄り、声をかけた。

「よく逃げずにのぼってきましたねぇ。仁八さんのおかげです」

笑みを浮かべて礼をいった。

「さすがに手を引きながらあがってくるのは、つらかったですよ」

「すみません」

「いえいえ、小春さんの頼みですから。でも、途中で姿が消えたときには、遅れて道を外してしまったのではないか、と気が気ではありませんでした」

「そうでしょうねぇ。本当に変な頼み事をしてしまいました。たくさん金を掘りだしてください」

「……この場合の金は、弥六のことですね」

小春は答えずに、にこにこしている。

源内が案内した場所は、せまい山道から、広く視界が開けた平坦な場所であった。片方は崖になっていて、足を滑らせたら、そのまま真っ逆さまである。のぞきこんだ男が、これはおっかねぇ、とすぐ広場に戻る。それを見た源内がいった。

「そっちには行かねぇほうがいいぞ。高いところが苦手なやつは、目がくらんで落ちてしまうかもしれねぇ」

弥六は、俺は大丈夫だといいながら、崖そばまで行ったが、

「これはいけねぇ」

そういって、すぐ下に戻り、

「こんなところに金鉱があるのかい」

「あぁ、あるんだ。大きな金鉱がなぁ」

一服しながら源内は笑った。

「ぷわ……どうだい、山の上で吐きだす煙は、また一段と美しいではないか」

誰も、同調ははしない。

「そんなことより、早く掘りだそうぜ。道具はどこにあるんだ」

弥六が周囲を見まわす。源内は、道具などは山の上にあるから心配はいらねぇ、と説明していたのである。

「こっちだ。おまえたちはちょっと待ってろい」

「どうしてだい」

「金鉱掘りなどしたことはねぇだろう。まずは、慣れた連中に道具を運んでもらうから、待ってろ」

「そういうことなら、わかったぜ」

源内は、九名の人足たちと一緒に、その場から一度消えた。

戻ってきたときには、人足たちは大八車を引いていた。荷台には、鋤（くわ）や鍬（すき）が積まれている。

「好きなのを取って、ついてこい」

弥六と賭場の男たちは、それぞれに鋤やら、鍬に手を伸ばした。冬馬は、どれも使おうとしない。小春が怪訝な顔をすると、

「私は力仕事をしてはいけない、と父からの遺言です」

「……お父上はまだご存命です」

「そうでしたかねぇ」

とぼけ顔をしたまま、源内のあとを追いかけた。

苦笑する小春のそばに、仁八が近づく。

「たしかに変わった旦那ですねぇ」

「でも、それがまたときには楽しいのですよ」

「そんなもんですか」

「はい。たまには困り果てるときもありますけどね」

ははは、と仁八は笑って小春を見つめる。

「冬馬の旦那も変ですが、奥方も十分、おかしなおかたですね」

「あら、そうかしら」

「はい、組屋敷に居並ぶ奥方たちと比べたら、変わり者夫婦ですよ」

「それは嬉しいこと」

笑みを浮かべる小春を見ていた仁八は、ふと訝しげに目を細める。

「どうしました」

「いえ、奥方はなにか武芸でもおやりになっているんですか」

「まさか、武芸の心得などはありませんねぇ」

「そうでしょうねぇ。それにしては、ときどき気品のなかにも、武芸……いや違いますねぇ、なんだろううなぁ、不思議な体さばきが隠れているような」

「まあ、喜んでいいのでしょうか」

「なんとなく、冬馬の旦那よりも、頼りになりそうだ、と。そんな意味もあります」

「ふふふ」

小春は、仁八の目利きに舌を巻いた。まさか、自分がねずみ小僧だとは気がつきはしないだろうが、普通の奥方ではないと見破っている。

冬馬は、ねずみ小僧がふたりいる、と看破した。

——今後、いろいろ気をつけなければいけない……。

つい、口に出しそうになり、あわてて唇を閉じた。

六

源内は、弥六のそばから離れずにいる。途中で逃げだされたら困るからだ。

「なぁ、源内さんよ。金が唸っている場所はどこなんだい」

弥六が、鍬を地面に打ちつけながら聞いた。

「あぁ、こっちだ」

おまえたちも来い、といって賭場から連れてきた男たちにも声をかけた。みな、ぞろぞろと源内の後ろをついていく。

広場から少し進んでいくと、切りたった山肌が見えてきた。そのまわりには、数個、縄張りが施(ほどこ)されている。

「ここを掘るんだ」

「……こんなところに金鉱があるのかい」

「さぁな。やってみないとわからん」

「それじゃ、無駄骨ってこともあるんじゃねぇのかい」

「それはない」

「なぜだい」

「ここには、鉱脈があるからだ」

「さっきとは、辻褄が合わねぇいいかただぜ」

いいから、しっかり掘れ、と源内は命じた。

おまえはこっち、おまえたちはこっち、と数人で鍬や鋤を入れるように指導する。

冬馬にも、あんたはこっちだといって、仁八と一緒にある場所に呼んだ。

そこには、運ばれてきた大八車があった。

「これを見てくれ」

源内は、大八車の床を覆っていた大きな筵を取り払った。

なんですか、と冬馬が不審な顔をしながら、大八車に近づくと、大きな木製の箱が現れていた。

その蓋を取ってくれ、と源内はいう。

冬馬がぐずぐずしていると、仁八が蓋に手をかけて持ちあげた。

「あ……これは、なんです」

驚きの声をあげる仁八を見て、冬馬は箱のなかをのぞきこんだ。そこには、薙刀やら大小の刀、それに、鉄砲まで重なっていた。

「これだけあれば、あの悪党たちを捕まえるのは、簡単でしょう」

「な、なんです、これは」

「だから、やつらを捕まえる道具ですよ」

源内は不敵な笑みを浮かべる。いかにも曲者といった風情である。前回の一休とはまるで異なる雰囲気を見て、どうやったら使い分けることができるのか、と冬馬は不思議な思いである。

「旦那さま……」

ぼーっとしていると、小春が声をかけてきた。

「あ、はい、なんですか」

「しっかりしてくださいね」

「わかってます。私はいつでもしっかりしてます」

小春は、冬馬のそばから離れずにいた。鋤も鍬も持っていない冬馬を、賭場の連中は怪訝な目で見ている。人足風の格好をしているのに、まったく仕事をする気配もないからだ。

それでも、みな金鉱を掘りあてるつもりなのだろう。たいして文句もいわずに、縄張りされた場所を掘り続けている。

見つけた金鉱は、自分のものになると源内が断言したからだ。それだけに目の色が違う。

みなが、縄張り内を掘りだしてから、一時は過ぎた。さらに刻限は過ぎ、中食をとり終わり、日が陰りはじめる。

土だらけになったみなには、そろそろ疲労が見えている。

「おい、金鉱のきの字も出てこねぇぞ」

地面にへたりこんだ弥六が、音をあげた。

「そうかい、それは困ったなぁ」

「もう、暮六つになるぜ」

「まぁ、金鉱を見つけるには、一日で終わらせようなんてぇのは、無理な話だからな」

「なんだって。それじゃ、話が違う」

「おや、わしは今日見つかるとは、ひとことも話してはおらぬぞ」

「ち、騙しやがったな」

「騙したわけではない」

ぷかぁと煙をなびかせて、源内はそろそろいいかもしれぬ、とつぶやいた。

「なにがいいんだい」

「これから、あっということが起きるからだ」

「……なんだ、金鉱を見つけるとでもいうのかい」

「ある意味、金脈だがおまえたちにとっては、違うかもしれん」

「どういうことだい」

怪訝な目つきで、弥六は源内を見つめる。源内は、ふふふ、と笑いながら、

「みさなん、ご苦労さまだったけど、そろそろいいでしょう」

弥六、賭場連中以外の九人に向けて、叫んだ。


「なんでぇなんでぇ、おめぇたちは」

源内の合図を受けた九人は、いっせいに大八車に近づき、木箱の蓋を開くと、そのなかから、それぞれの得物(えもの)を手にした。薙刀や刀と一緒に隠されていた長十手(ながじって)や、刺股(さすまた)、小さな梯子(はしご)などである。

あきらかに、九人は捕物の格好をしているのだ。

あわてたのは、賭場から来た連中である。町中での賭場は違法なのだ。金鉱を

探すために山にのぼってきたのに、捕まったのでは洒落にならない。

「どうなっているんだい」

弥六は呆然としながら、源内の襟首をつかんでいる。

「汚ねぇ手で触るな」

「なんだと、てめぇ、騙しやがったんだな」

「ふん、おめぇみたいな悪党を懲らしめるためには、こんなことでもしねぇとなぁ。どうだい、山掘りで金鉱探しを楽しめただろう。すぐ捕まえてもよかったんだが、ここまで掘らせたのは、わしの贈り物だ。まぁ、疲れさせるという目的もあったのだがなぁ」

わははは、と大笑いする源内を見て、くそ、と吐きだした弥六は、罠だったのかと怒り狂う。

「こんなくだらねぇ手に引っかかってしまうとは、俺も焼きがまわった」

「おまえの焼きなんぞは、とっくにまわっているんだよ」

冬馬は、すたすたと弥六の前に立った。十手を持っているわけでもなく、刀を腰に差しているわけでもない。まったく無防備な態度である。

「さぁ、観念してもらいましょうか」

「なんだい、あんたは」

「私は、北町定町廻り同心、猫宮冬馬です」

「猫だと……ふん、三回まわって、にゃぁとでも泣け」

「それはできませんねぇ。私ができるのは、人助けだけです」

「人助けだと……」

「はい、お小夜さんです。あなたには、お秋さんといったほうがいいのでしょうか」

「お小夜……あぁ、あの網元の娘か」

「その娘さんです」

「あの女め、あんたなんかのところに逃げこんでいたのかい」

「いえ、逃げこんでいたのは、源内さんのところですよ」

そういわれて、弥六は源内に目を飛ばした。憎々しげに見つめると、

「詐欺師め。とんでもねぇ嘘つきだぜ」

「おまえさんにそんな悪口をいわれる筋合いはないねぇ。盗人たけだけしいとは、このことだぜ」

「どうして俺が悪党なんだい。ふん、女を買っているのは、人助けだ」

「人助けが聞いて笑われるってもんだ」

源内は、大きな口を開きながらも、冬馬の後ろに隠れようと動きだしている。

冬馬は、源内が背中に隠れるのを止めもせずに、

「弥六とやら、お小夜さんの父上の居場所を知っていると騙したそうだが」

「あぁ、騙されるほうがいけねぇなぁ」

悪びれずに弥六は、鼻で笑った。

「それになぁ、あの女はひとりだ。もっと稼ぎのいいところを斡旋してあげたんだ。感謝してほしいくらいだ」

「馬鹿をいってはいけませんねぇ」

冬馬は怒っているのだが、なにせ迫力がない。

離れていた仁八が冬馬に近づき、

「旦那、もっと迫力を出してくださいよ」

わかった、といって冬馬は両手を広げて、大の字になる。

「おい、弥六。神妙に縛につけ。おまえはもう逃げられない」

さっと開いた片手をあげると、九人の町方たちが、ざざと地面の音を立てながら、弥六と賭場の連中を取り囲みはじめた。

賭場の連中があわてている。

「みなさんは、せいぜい百叩き程度でしょう。ここで観念したら、江戸所払い（えどところばらい）にしてあげますが、どうですか」

冬馬に量刑を決める権限などない。しかし、賭場の男たちは、百叩きよりは江戸所払いのほうがいい、とささやきあっている。

「おいおい、てめぇら、こんな腑抜（ふぬ）け同心のいうことなんざ聞くんじゃねぇ。それに、こんなやつが、勝手に刑の処断を決めることなんざできねぇんだ。騙されるんじゃねぇ」

それでも、一度腰が引けた男たちは、戦う気を失っている。

「いまですよ、みなさん」

冬馬の命令とも思えぬ指示で、真っ先に仁八が動いた。固まっている五人のなかで、いちばん身体の小さな男に向かったのだ。

それをみて、捕吏たちもいっせいに残りの四人に向かう。

「いつも、こんなときは最初に狙われるぜ、ちきしょう」

仁八に狙われた身体の小さな男は、愚痴とも思えぬ言葉を吐きながら、逃げようとする。しかし仁八はすばやい足運びであっという間に、小柄な男を捕縛してしまった。

そのすばやさを見たほかの四人は、足を止めた。

「やめた、やめた。最初からこの話はどこかおかしいと思っていたんだ」

「あぁ、こんな高尾の山に、金鉱などあるわけがねぇや」

四人はその場にへたりこんでしまった。すぐさま、町方たちが縄で縛りはじめる。捕縛に必要な道具は、すべて大八車の木箱に入っていたらしい。

なんて用意のいい人たちか、と小春は呆れながら、

――そろそろ、あれを出したほうがいいでしょうね……。

懐に、弥六の長屋で引きちぎった紙を入れてある。

それを取りだして冬馬に渡したら、弥六は一巻の終わりだ。偽物だ、と逃げたところで、弥六が書き記した女たちの値段や、行状の後始末などを突きつけたら、ぐうの音も出ないだろう。

それに筆跡を調べたら、弥六の手だと判明する。

言い逃れはできなくなるだろう。

小春は、冬馬と弥六のふたりがいいあっている間、少しずつ縄張り内から離れはじめた。

弥六といいあいをしている冬馬は、気がつかない。源内も、ふたりに気を取られているのだろう、小春の動きには無頓着のようである。

賭場の男たちを捕縛しているどさくさにまぎれて、小春は、山肌の後ろにまわりこんでいった。

羽織を裏に着替えて、頭に黒い手ぬぐいでほっかぶり。盗人絞りで口もとから鼻をかけると、即席のねずみ小僧姿に生まれ変わった。

七

「ねずみ小僧だ……」

小春が、山肌から戻って、木の陰からちらりと姿を見せた。すぐ気がついたのは、賭場からついてきた男だった。後ろ手に縛られながら、その痛みから逃れようとしながら叫んでいる。

「まさか……こんなところに、ねずみ小僧がいるわけありません」

冬馬は信じない。

「旦那、ほら、あそこです。あそこの大きな杉の木の後ろにいますよ」

「騙されませんよ」

そうは答えたものの、本当にいたら大変である。

冬馬は杉の木に目を向けた。

「ややや、あれはまさしくねずみ小僧、どうしてこんなところにいるんだ。なにが目的なのか、やい、ねずみ小僧」

初めはささやき程度だった声が、最後は叫び声に変化している。

「猫の旦那……いいものがありますよ」

「欲しいのは、おまえの身体だ。いま縛りにいくから待ってろ――」

――欲しいのは私の身体……それも縛りたい、とは……。

小春は笑いがこみあげてきたが、冬馬はそんな意味深な内容につながるとは思っていないだろう。

血相を変えて、杉の木に向かってきた。

「おっと、旦那、そこまでです」

「やかましい、ですよ。どうしてこんな場所に出てきたのか理由はわからねぇが、ここで会ったが百年目だ。神妙にしろい」

言葉遣いまでおかしくなっている。

「旦那、そこの弥六について、いいものをお渡しいたします」

小春は叫ぶと、引きちぎった紙で小石を包み、冬馬に投げつけた。

「おっとっと。石礫で死ぬような私ではありません」

「違いますよ、それを拾って中身を見てください」

「騙されねぇ」

「騙してなんかいませんよ。弥六がどんなことをしたのか、それを見たら、はっきりとわかりますから」

「絶対に騙されない」

「私の身体が欲しいなら、拾ったほうがよろしいですよ」

「なんだって」

冬馬は石礫を拾った。石を包んでいる紙切れを広げると、

「なんだ、これは」

一読すると、弥六に顔を向けた。まるで弓矢を射るような視線である。

「やい、弥六。あんた、お小夜さんの父親を殺したのか」

「なんでぇいきなり。お小夜の父親だと。知らねぇな、そんな男は」

「それはおかしいですねぇ。お小夜さんの父親とは顔見知りだといったそうではないですか。それにお小夜さんを知っていたなら、父親の要蔵さんとも会話は交わしているはずですよ」

「忘れたぜ、そんな昔の話は」

「その空っぽ頭に、よくいい聞かせてあげよう。これは、要蔵さんを殺した動かぬ証拠です」

「なにをいってるんだ」

弥六は余裕の口ぶりでいたが、冬馬が示す紙切れを見て、一瞬顔が強張る。

「……なんだい、これは。俺が書いたという証はねぇぜ」

「そんなものはいいのです」

「なんだって。でっちあげでもいいっていうのかい」

「でっちあげではありませんよ。これが本物かどうかを決めるのは、私ですから
……そういえば、おや、消えた」

ねずみ小僧の存在を忘れていたと冬馬は、さっき姿を見せていた杉の木に目を移したが、すでにその姿は消えていたのである。

「ううむ、あやつはなんだって、こんな物を持っていたのだ。それに、どうし

て私たちがここにいると知っていたのだ」

まさか、という声を冬馬は飲みこんだ。

「旦那さま、どうしたんです」

「あ、小春さん。さっき、あそこにねずみ小僧が……」

「はい、私も見ていました。あれがねずみ小僧なんですねぇ」

「憎き親の仇です」

「仇とは少々違うのではありませんか」

「似たようなものです。そんなことより」

顔を弥六に向けると、

「この紙切れはおまえが書いたものか、あるいは偽物か。はたまた、おまえが本当に要蔵さんを殺したのか。いまは、はっきりしなくてもいい。やがて、明白になるはずですよ」

「…………」

「この世に真実はひとつ。お天道さんがちゃんと見てるんですよ。あとは、吟味方がうまくやってくれるはずです。おそらく、小塚原行きは間違いないでしょうねぇ」

斬首の罪だと、冬馬は断じたのであった。

「女衒弥六。安房勝山の網元、要蔵殺しの疑いである。神妙に縛につけ」

仁八がすかさず弥六の後ろにまわって、縄を打った。

「おっと、連れていく前に……」

弥六が腰にさげている印籠をつかんで、それにつながっている根付を外した。

「これは、あずかっておきましょう」

仁八を先頭に、九人の町方は捕縛した者たちを引き連れて、縄張りから出ていく。

「どうです、私の策略はざっとこんなものです」

「しかし、金鉱があるとは、とんでもない嘘つきですね」

「平賀源内ですから」

ぷわぁと大きく煙を、高尾山の山肌に吹きつけた。

八

暮六つを過ぎたころ、お小夜が八丁堀の組屋敷を訪ねてきた。冬馬が渡したいものがある、と呼んだのである。

「これは……」

冬馬が値付を、お小夜に渡した。これは、要蔵さんが持っていた根付です、と告げる。

「これが……形見なのですか」

お小夜は感極まっている。

冬馬は、要蔵さんは弥六が殺したらしい、と告げる。殺した理由は吟味方が調べてくれるでしょうが、おそらくは、商売上の揉め事、あるいは、網元としてやっていけなくなった要蔵に、お小夜を売れと迫ったのかもしれない。それを拒否したから、面倒になって殺してしまったのだろう、と冬馬は伝える。

そういえば、とお小夜は記憶をたどる。

家出をするちょっと前、父の要蔵は、お小夜の顔をまじまじと見て、

「いくら貧乏になっても、おめぇをおかしなところには行かせられねぇなぁ」

しみじみと語ったことがある、という。

「子どものころだったので、意味がわからずにいましたが、そういう話が持ちこまれていたんですね」

冬馬も、小春も小さくうなずくだけである。

「この根付がおとっつぁんの形見なのですね。弥六が私と出会ったときにつけていたのは、なにかのお導きかもしれません。この根付が、弥六の真の姿を教えてくれたことになります」

冬馬と小春は、じっと聞いている。

「おとっつぁんは、私を捨てていったわけではなかった……それをこの根付が教えてくれました。生まれ変わりと思って大事にいたします」

お小夜が何度も礼をいいながら帰っていくと、冬馬は真剣な顔で小春に対面した。

源内は、高尾山で一服してから、先に帰るといって、さっさと山をおりてしまった。それ以来、源内の顔は見ていない。

「源内さんはどうしたんでしょうねぇ」

小春が不思議そうな目をすると、

「なに、また少し経ったら、何事もない顔で訪ねてきますよ」

「そうかもしれませんね」

「ところで、小春さん。あのとき、一瞬、縄張りからいなくなっていましたが、どこに行っていたのです」

冬馬の瞳には、疑いの色が含まれていた。

弥六とやりあっていたから、気がつかないと思っていたが、しっかり気を配っていたらしい。

小春はあわてそうになったが、気を取り直して答えた。

「まあ、どうしてそんなことをお聞きになるのです」

「小春さんが消えて、代わりにねずみ小僧が出てきました」

「あらあら、私がねずみ小僧だというのですか」

「思いすごしだと願っています。どこにいたんです」

「答えたくありません」

「それはだめです。はっきりさせてもらいます」

いつになく冬馬の目は真剣だった。

「……では、いいます」

「はい、お願いします」

「大きな声ではいえません。お耳をこちらへ」

「う、む……はい、え、な、なんと、木陰で、え、しゃがんで……」

「いちいち言葉に出さないでください。お恥ずかしい」

「あ、いやそうでしたか、それは、いや、見たか……いや、いや、なるほど、それなら姿を隠す必要があったのはしかたありません、いやいや、そうでしたか、でも、あんなところで催すとは、なんとも」

「そこまで」

はい、と冬馬は口を閉じる。転じて、今度は小春が冬馬を責めたてた。

「旦那さま、私を差し置いて、ねずみ小僧の身体が欲しいと叫びましたね。しっかり聞いていましたよ」

「な、なにをいうんです。それは意味が違います」

「あら、本当でしょうか」

「ねずみ小僧は、男ですよ、いや女かもしれませんが」

「女だったら、欲しいんですね」

「冗談じゃありません、私が欲しい身体は」

「そこまで、もういわなくてもけっこうです」

「では、せめて、これでも」

口を尖らせ、小春に迫った。

「まだ早すぎます」

「では、行灯を消します」

「やめて……ぐぐぐ」

その後、めおとが交わす、艶(なま)めかしい声を聞いているのは、月と秋の夜風だけであった。

第三話　苦手な相手

一

八丁堀の組屋敷界隈を、棒手振りの魚屋伊助が歩きまわっていた。あちこちで威勢のいい声をあげ、掛け声をかけながら、魚をさばいたり、切り身にして売っている。

伊助の会話が楽しいのか、奥方たちは笑いながら、料金を払っている。

猫宮家にも姿を現すと、

「今日は、とびきりの鯛を持ってきました」

伊助が、大きな鯛を広げている。蓮台のなかから、大きな鯛を取りだすと、小春にどうですか、と差しだした。

「一匹まるごとはいりませんよ」

食べきれない、と小春がいうと、

「そうですか、いい鯛なのになぁ」

「せっかくですから、半身をいただきます」

すると、伊助の後ろからやってきた夏絵が、

「一匹でいいよ。私が払うから」

「へぇ、まいどありぃ」

返事よく伊助は答えて、鯛を夏絵に渡した。

「まるで生きているみたいだねぇ」

「どうしたんです。鯛を一匹買うなんて」

「うまそうじゃないかい」

「三人で食べようというんですね」

「たまにはいいだろう。私だって、あんたたちの家族なんだ」

「まぁ、そうですけど」

冬馬がいやがる、と母親にはいえない。夏絵が嫌いなわけではない。ただ苦手なのである。以前、こんなことをいっていた。

「夏絵さんは、どうもなにか私に隠しているような気がするのです」

そこを気にしだすと、とめどもなく不信感に陥ってしまうから、やめたい、とため息をついていた。

「隠していることなど、ないと思いますけどねぇ」

そうは答えたものの、ねずみ小僧の二代目という事実は隠し通さねばならない事実だった。

それをいったら、小春自身も三代目ねずみ小僧なのである。

出会ったころは、少し負い目もあったのだが、近頃は北町定町廻り同心という役目を助けるような動きに力を入れている。

以前から、盗みは嫌いだった。

なんとか、身につけた術を人助けに使えないものか、と考えていたとき、冬馬と出会ったのである。

——このかたの手伝いができるかもしれませんね……。

そう考えたら、一風変わったねずみ小僧になれるかもしれない、と気持ちが楽になった。

そこから、冬馬との仲を深める気持ちが生まれたのである。

しかし、夏絵はそんなふたりの仲を苦々しく思っているのだった。どうして、盗人が町方と仲良くできるのか、ことあるごとにふたりの仲を裂こうとしていたのである。

それでも、小春の気持ちに変化はないと知り、いまではあきらめた様子はあるものの、

「あれが婿とは、認めたくはないね」

そういって本人の前では、猫いらずとか腑抜けとか、父親のほうが才があったとか、いろいろと嫌味をいう。

冬馬が夏絵を苦手とする理由には、そんな態度にもあるのだろう。

「鯛を奢っていただけるなんて」

「私だって、鬼や蛇ではありませんからね」

「そうでしょうけどねぇ」

「おや、なんだい、その顔は」

「旦那さまがなんといいますか」

「私の奢りではいやだとでも、いいだすのかい。そんなことをいったら、叩きだすよ」

「この組屋敷は、お父上、弦十郎さまからのいただきものですからね」

叩きだすことなどできない、と小春は笑った。

冬馬は、夏絵が鯛を買ってくれたと聞いて、きちんとお礼の頭をさげる。もちろん、苦手だなどという態度はまったく見せないつもりなのだが、

「あんたは、わかりやすい人だねえ。いやな気持ちが出ているよ」

あきらかに、迷惑そうに眉をひそめているからだった。

「私は、わかりやすいのですか」

「あぁ、わかりやすい、わかりやすい。でも、そこがいいところでもあるからね。人はいいところを伸ばしたら、かならずお天道さんが運をまわしてくれるよ」

「それは嬉しいお言葉です」

素直にまた頭をさげた。

夏絵は苦笑しながら、そういえば親猫はどうした、と問う。

一瞬、怪訝な目をした冬馬だったが、

「あぁ、父上ですか」

「そうそう。あのかたは、本当に厳しさと優しさが同居している、いい人だったねぇ」

いま、父の弦十郎は江戸にはいない。

「夏絵さん、いつも父上の話をいたしますが、父上に懸想でもしていたんですか」

冬馬の言葉に、夏絵と小春はのけぞった。いうにことかいて、なんて台詞を吐くのだ、とふたりとも目を丸くしている。

「あんた、そんな馬鹿なことがありますか。絶対にありませんよ」

真剣な目で夏絵は否定する。その目つきに冬馬は、かえって疑いは増しました、と応じた。

馬鹿なことをいわないでおくれよ、と夏絵は心を鎮めると、冬馬を見つめる。

「そらぁ、江戸で生きる者たちは、猫の弦十郎さんといえば、たいていは知っているさ」

「へぇ、そんなに人気があったんでしょうか」

「ねずみ小僧との対決で知られているんだ」

「やはりそうですか」

「どうして弦十郎の旦那は、江戸から消えたのかねぇ」

冬馬に、理由を知っているかと問う。

「さぁ、はっきりとは聞いたことはありません、けど……」

「おや、その顔は、なにか知っているんだね」

「はい……」

「教えてほしいねぇ」

「どうして、そんなに父上が気になるんです」

「そらぁ、あんたの父親だからだよ。なにはともあれ、あんたは私の可愛い娘の婿殿だからねぇ」

「そうですか」

そこから冬馬は、ひとことひとことと、しっかりした声音で、思い出を語りだした。

二

冬馬が父の十手を受け継いでから、まだ間もないころである。

木枯らしが吹き荒れるその日、冬馬は浅草広小路の見まわりに歩いていた。

広小路から奥山に進むと、芝居小屋が並んでいる。大芝居、小芝居、小屋掛け芝居など、色とりどりだ。

小さな見せ物小屋の前に立つと、木戸番が、旦那、どうぞ楽しんでください、と手招きする。

「いや、やめておきます」

ありがとうのひとこともいわずに、冬馬はそこから離れた。

「あのような見せ物小屋は苦手です」

木戸から離れた冬馬は、つぶやいた。

それには、理由があった。

父親から聞いた話が、頭から離れなかったからである。

それは、次のような内容であった。

芝居小屋に出ていた人気役者が殺されたことがある。

人気役者は、菊之丞とかいった。

しかも殺された場所が、舞台である。舞台上ではあるが、菊之丞がある女と会っていたところを斬り殺される、という場面だったらしい。

ところが、菊之丞は本当に殺されてしまったのである。その死にかたは、壮絶なものだった。

「臓物がぶちまけられていたんだ。豚の臓物だったのだが、それを用意したのが、松之介(まつのすけ)という男だった」

説明をしながら、父は眉をひそめる。

いま、思いだしても気持ちが悪くなる。

松之助は役者仲間である。贔屓筋(ひいきすじ)を取った取られた、とふたりの間では喧嘩が絶えなかったらしい。そこで、松之助が捕まったのである。

しかし、松之介は、弦十郎にこんな話をしたのだった。

「舞台を派手に見せたかったのですよ。まさか、本当に殺されるとは思っていませんでした」

血飛沫(ちしぶき)の正体は豚の血で、臓物をぶちまけていただけだ。舞台で殺しに迫力を見せられるかを探っていただけだったのに、本当に殺されるとは考えてもいなかった、と告白したのである。

松之助の住まいを調べると、たしかに豚の臓物らしきものが隠されていて、部屋は腐った臭気で充満していた。

それは鼻が曲がるというような表現でもいい表せなかった、と父はいった。

結局、松之介の供述は、ただのごまかしだった。

「そんな獣たちの、血だらけの部屋に入ったのですか」

話を聞きながら、冬馬は卒倒しそうである。

そんな過去があるから、見世物芝居小屋は嫌いなのだ。

「馬鹿野郎、そこになおれ」

父の話を思いだしていると、大川橋のほうから罵声が聞こえた。

何事かと、冬馬は駆けつける。

「ちょっとどいてくれませんか」

迫力のない物言いをする同心に、野次馬たちは不思議な顔をしながら、道を開けた。すると、数人の侍が、若い女を押さえこもうとしていた。

「いい若い男たちが、なにをしているんですか」

あっけらかんとした顔つきで、男たちに目を送る。

「なんだ。不浄役人(ふじょうやくにん)は引っこんでろ」

「不浄だろうが、なんだろううが、ひーふーみー、三人でひとりの女を押さえこもうなどと、これは不浄というより、非常といいますか、過剰といいますか、それとも」

「うるさい、黙れ。なんだ、おまえは」

先頭の侍が、冬馬の襟(えり)をつかもうとする。それをするりと抜けて、

「過剰な乱暴はいけません」

「この犬以下の男め、くたばれ」

後ろでじりじりと肩を揺らしていた男が、冬馬に飛びかかった。

「おっと、すみません。私、痛いのは嫌いなのです」

剣術はそれほど得意ではない。それでも、一応、十手捕縄術は会得(えとく)している。

ただの乱暴侍程度なら、あしらうことができた。

横っ飛びになって、突っこんできた相手をやりすごし、尻を蹴飛ばした。

「この野郎」

「ちょっと待ってください」

「やかましい、侮辱されて黙っているほど、越後(えちご)武士は馬鹿ではない」

「違います。女がいませんよ」

「なに」

あわてて見まわすと、さっきまでいたはずの女の姿は消えている。

「くそ、あまめ、逃げたか」

「それは逃げますよ」

「馬鹿者め、あのあまは、私たちの懐(ふところ)を探ったのだ」

ようするに、口を出す相手が違うといいたいのだ。

「おや、そうでしたか」

そう答えながら冬馬は、自分の懐を確かめる。

「大丈夫、ありました」

「馬鹿者、狙われたのは私たちだ」

「おや、そうでしたか。それはご愁傷さまです」

「とぼけやがって、なんて同心だ」

「猫宮冬馬といいます」

「おまえの名前など聞いておらぬ」

「しかし、いま、なんて同心かとお聞きしました」

「おまえ、本気なのか」

「私は常に本気です」

三人は冬馬の応対に呆れ返っている。お互い目を交わしあいながら、

「もういい。どうせ、たいした金額を盗られたわけではない」

「そうはいうが、越後武士がおなごに懐を掠められたとあっちゃあ、面目(めんぼく)が立たぬ」

冬馬を襲った武士は、顔を真っ赤にして怒り狂っているが、残りのふたりは、冬馬の応対に呆れたのか、それとも本当に盗まれても痛くない金額しかなかったのか、肩の力が抜けている。

「戻るぞ」

三人のなかではいちばん年齢が上と思える武士が、踵を返した。

「おまえの顔は覚えたぞ。さっきの女の顔も覚えた。今度どこかで遭ったら、ふたりまとめて、串刺しにしてやるから覚悟しておけ」

「串刺しは痛そうですから、忘れます」

「ぬかせ、不浄役人め」

捨て台詞を吐きながら、三人の越後武士たちは、広小路を浅草寺方面に向かっていったのであった。

三

「旦那、遅かったですねぇ」

「おや、あなたは」

浅草寺境内から、五重塔をのぞむあたりを歩いていると、さっきの女が寄ってきた。

「侍たちがいってましたが、懐を探ったというのは本当ですか」

「旦那は、本当に同心さんですか」

「人の質問に質問で答えるものではありません。下品です」

「あら、私は下品な女でしょうか」

「いまの応対だけなら、下品です」

おやおや、と女は笑みを浮かべる。冬馬との会話を楽しんでいる様子がうかがえた。

「それじゃ、これをお返しします」

女が差しだした財布を弄んでから、冬馬は答えた。

「これは私の財布ではありません」

「もちろん違いますよ、さっきの唐変木(とうへんぼく)たちのものですから」

「あぁ、そうでしたか」

「旦那はおかしな人ですね」

「両親にもそういわれて育ちました」

「おやおや」

女は心底呆れたという顔をしてから、では、これで失礼いたします、と冬馬の前から姿を消した。財布を戻したから、用は終わったというところだろう。

「財布をあずけられても困りました」

越後武士とは聞いたが、名前は聞いていない。ひとくちに越後といっても、お家はひとつだけではない。

「本当に困りましたねぇ」

三個の財布を手のひらで転がしながら、途方に暮れていると、

「旦那、またお会いしましたね」

さっきの女が数間先で待っていた。にやにやしながら、冬馬との遊びが楽しいといった風情だった。

「どうして掏摸などやっているのです」

「それは、生きるためですよ」

「ほかにも、まっとうな仕事があると思います」

「みなさん、そうおっしゃいますけどね」

女は名を美濃です、と告げてから、ぽつりぽつりと語りはじめたのである。

「私は、親の顔を知らないのです」

どこかの寺の前に捨てられていた、と教えられている。

拾われた先は、掏摸の頭領の家だった。物心がついてから、掏摸の手練を教えこまれた。成長する間に、掏摸の手練れになっていた。

ところが、最近、掏摸を働くのがいやになったのだ、という。そこでわざと捕まるような行動を取りはじめた。さっきも、わざと気がつかれるようにしたという。

それなのに、邪魔をされたから逃げた、というのだった。

それは失礼をしました、と答えてから、冬馬はいった。

「あのままでは、乱暴されていたかもしれませんよ」

お美濃は、そんなどじではない、と笑う。

捕まってからどうするつもりだったのか問うと、わからない、と首を傾げる。

「不思議な人ですね、あなたは」

「私より、旦那のほうがもっと不思議ですよ」

「そうですか、でも、あのまま放っておくわけにはいきませんでしたから、助けました」

「それはわかります」

そこで、お美濃はにやりとして、

「ここでお会いできたのは、なにかのお導きです」

「はて、さて」

「私を助けてください」

「助けるとは、どこからです。なにからです、そして誰からですか」

「掏摸の仲間から、悪人から、掏摸の親分、鬼蔵からです」

「へぇ、いっきに話は終わりましたね」

「頭がいいでしょう、私」

「そうかもしれません。掏摸から逃れようと至ったのは、頭がいいからでしょう」

「では、お助けいただけますか」

「はて、それはどうでしょう」

「なぜです」

「女は苦手なのです」

「いま、こうやって会話をしているではありませんか。苦手とは思えません」

「背中と脇の下は汗だらけなのです」

「まさか」

「見ますか」

冬馬は、袂を手繰り寄せようとする。

「旦那、旦那。いいです。信じます。でも、助けてくれないと、私は死んでしまいます。旦那に見放されたら、越前に行って、東尋坊から身を投げます」

それでもいいんですか、とお美濃は念を押した。

「苦手は苦手です。ほかをあたってください。いなければ、紹介します。私の父なら手を貸してくれるかもしれません」

「いやです。旦那がいいのです」

ごめん、と叫んで、とうとう冬馬は、お美濃から逃げだしたのである。

それでも、お美濃はどこまでも追いかけてきた。いいかげんにしてください、という冬馬から離れようとしない。私のどこがそんなに気に入ったのですか、と問うと、

「嘘をいわなさそうですから」

「もちろん、嘘はいいません。でも、苦手は苦手ですから」

なんとか離れようとしても、なかなか距離が開かない。広小路から、花川戸、さらに今戸から、聖天様まで駆け抜けたが、お美濃は健脚だった。

聖天様の前についた冬馬は、本殿に登る階段をあがろうとして、

「はぁ、もうあきらめました。さすが掏摸です」

でも、と冬馬は続ける。

「苦手なものはやはり、苦手です」

「女が苦手なら、私を男と思ってください」

「無理です」

「お疲れになったでしょう。お手をどうぞ」

思わず手を伸ばして、しまったという顔をする冬馬に、

「困ったときは、相身互(あいみたが)い、といいますから」

よろしくお願いします、とお美濃は握る手に力を入れた。

「わかりました、なんとか、助ける算段(さんだん)をいたしましょう」

根負けした冬馬は、握った手はそのままに、荒い息をしながら答えた。

「では、私は仲間のところに戻らねばなりませんので、ここで失礼いたします」

ようやくお美濃から逃れることができた冬馬は、

「あぁ、気分を変えるために、一度、組屋敷に戻りたい」

ため息をついた冬馬は、聖天様の階段を睨みつけた。


組屋敷に戻ると、父の弦十郎が、同僚だった磯上三九郎の訪問を受けているところだった。

三九郎は、ねずみ小僧を捕まえることができず、忸怩たる思いであろうなぁ、と笑っている。

戻った冬馬の顔を見ると、

「父上の無念を晴らせるのは、おぬしだ。しっかりせねばいかぬぞ」

励まされた冬馬は、はいと応じて、早々に自室に入る。

お美濃には、なんとか助けると答えたものの、どこから手をつけたらいいのか、決心がつかない。

しばらくして、父が部屋に入ってきた。

苦笑いをしているのは、三九郎との対面に疲れたかららしい。

「あの者は、苦手なのだ」

「そうなのですか」

「どうも、言葉が軽くてのぉ」

「言葉が軽いとはどのような意味です」

「やつが吐きだす言葉に、真実味が感じられぬ」

「では、さきほど私を励ましてくれたのも、嘘だということになりますね」

「嘘ではないだろうが、本気かどうかはわからぬ。それに、普段あまり会話など交わす仲ではない。それがどういうかげんか訪ねてきた。それも気に入らぬ。じつはな」

「はい」

「隠居はしたが、じつはお奉行に頼まれて、盗賊一味を探索しておるのだ」

「へぇ、それは知りませんでした」

「おまえにも教えてはならぬ、といわれているからな」

「はて、それはどういう理由でしょう」

「どうやら、その盗賊の裏には、町方が絡んでいるようなのだ」

「それはいけません」

「それによって、現役の役人はおおっぴらに動けぬ」

「なるほど、それで父上が……」

「そういうことだ。これは、秘密であるぞ」

「もちろん、誰にもいいません。私は口が固いのです」

苦笑しているところに訪いの声が聞こえた。冬馬が出てみると、小柄な男が立っている。

「猫宮さまのお屋敷はこちらですかい」

「あなたは」

「みの吉といいます」

「みの吉さんというんですか、どこかで見たようなお顔ですが」

「はい、掏摸のお美濃は、私の姉です」

「なんと、まぁ」

いわれてみたら、お美濃によく似ている。額から鼻への流れや、活き活きとした頬の朱色加減などは、瓜ふたつである。

「その弟さんが、私に用事でも」

「へぇ、姉がいうには、冬馬の旦那は女が苦手らしいから、おまえがいってお願いしてこい、と頼まれました。いろいろお聞きになるだろうか、答えろ、とも」

「ははぁ」

お美濃は、冬馬の気持ちをしっかりと汲んでくれたようである。男となら、冬馬も気兼ねなく動ける、と安堵の息を吐いた。

座敷にあげると、父も一緒に話を聞くことになった。。

「冬馬は、まだ十手を持ってから、間もないからのぉ」

「はい、父上がいてくれたら、心強い思いです」

「それで、みの吉さんとやら、どんな話なのです」

へぇ、と頭をさげたみの吉は、自分も掏摸仲間に入れられそうになったが、姉が身代わりとなってくれたから、なんとか悪の道には入らずに済んでいる、と語る。

そんな姉のためにも、なんとかお力添えを、とみの吉は頭をさげた。

冬馬は感動する。もちろん助けましょう、と答えたのだが、父は、じっとみの吉を見つめて、返答を控えている。

「父上、いかがしました」

「あ、あぁ、いや、なんでもない」

冬馬の問いには、曖昧(あいまい)な返答をしながら、

「みの吉とやら、おぬしは何歳だ」

「あ、十七歳です」

「姉のお美濃さんは」

「十九歳です」

「ほほう、なるほど、そうか二歳違いの姉弟か」

「はい」

数呼吸の間、父はじっとみの吉を見つめてから、

「よし、わかった。助けよう」

そう答えると、なぜか、わははは、と腹を抱えだしたのである。

「父上、なにがそんなにおかしいのです」

「いや、これは失礼いたした。姉思いの弟、弟思いの姉。なるほど、ふたりで力を合わせて生きているのだな」

「……はい」

「よしよし。ねずみ小僧は野に放たれたままだが、その掏摸の集団は、しっかり捕まえてやろう」

「へぇ、ありがとうございます」

「冬馬、ぬかるなよ」

「もちろんです」

胸を張りはしたが、父が笑った理由は判然としないままであった。

四

みの吉の話から、お美濃が巻きこまれている掏摸の世界が、非情であると思い知らされた。なにしろ、その日の稼ぎが少ないと、かならず折檻（せっかん）される。

「それは、もうひどいものです。女の姉はときには、裸になったまま棍棒で叩かれました」

「なんと、ひどい」

「それだけではありません」

口には出せない、とみの吉は涙を流す。

「叩かれる以外に、どんなことをされるのです」

冬馬は真面目である。

「いや、それはお察しください」

「ううむ、なんでしょうねぇ、その察しなければならぬとは……」

父を見ると唇を噛みしめ、同じように、察してやれ、と答えた。

「わかりました。いや、わかりません、やはり、私はおなごのことは苦手らしい」

お美濃が仲間に入っている組は、鬼組と自分たちで呼んでいるという。頭の名前が鬼蔵といい、そこから取ったらしい。

「本当に鬼たちが集まっています」

みの吉は、悔しそうに畳を叩き続けた。

「わかりました、私がもぐりこんで、鬼退治をしましょう」

「もぐりこむんですか」

「虎穴に入らずんば虎子を得ずです」

「しかし、危険ですよ。鬼組には大きな後ろ盾がいて、そのためになかなか尻尾をつかまれないのだ、と聞いたことがあります」

「人助けに危険がともなうのは、承知のうえです。みの吉さんは、姉上の心配だけで十分です」

父の弦十郎は目をつぶって、なにか思案をしている風であったが、

「よし、冬馬、やってみろ。うまくいったら、これが大手柄一番槍になるかもしれん」

「槍ですか」

「そこは気にしなくてもよい。一番目の大手柄という意味だ」

「わかりました。やります」

みの吉が帰っていくと、弦十郎は潜入捜査の心構えを説いた。

「よいか、潜入の失敗は、目立ちすぎることだ」

「はい」

「だからといって、あまりおとなしすぎるとまた疑われる」

「ははぁ」

「普段は、それほど存在を示さずともよいが、なにか大きな話が立ちあがったときに、最初に手をあげるのだ」

「わかりました」

「だが、それがなかなか難しい」

「そうでしょうねぇ」

「失敗すると、町方だとばれる。そうなると命の危険にさらされる」

「もとより覚悟のうえです。お美濃、みの吉の姉弟のためでもありますから、恐れはありません」

「そのようだな」

普段から、いきりたつような姿は見せない冬馬である。こんなときでも、淡々としている。

「おまえは、幼きころから風変わりであった」

「そうでしょうか」

「まわりは、おまえが馬鹿なのではないか、と心配していたが、私は信じていた。おまえには、ほかの者たちにはない才があるとな」

「父上のそのお言葉で、何度救われたかしれません」

「よし、では行ってこい。それに、この話はただでは済まぬ匂いがするゆえ、気をゆるめるなよ」

「父上の探索と、かかわりがあると考えるのですか」

「そうかもしれぬ」

こうして冬馬は、一番手柄を目指して鬼組へ潜入することになったのである。

みの吉は、鬼組には大物が控えている、といった。それは、幕閣にいるのか、それとも奉行内にいる大物か。弦十郎は、そのどちらかではないか、と考えた。

「そうだとしたら、ひと筋縄ではいきませんねぇ」

冬馬は、身を引きしめて、鬼組が寝泊まりしている場所に向かったのである。

みの吉から、やつらは亀戸村の富士浅間神社のそばに居を構えていると聞いた。そんな遠くから掏摸のために江戸市中に出向いているのか、と冬馬と幻十郎は驚いた。

江戸の町に近い場所では、逃げるときに困るからだ、と鬼蔵は説明していたという。

鬼組は、総勢十五人いるという。それだけの人間が寝泊まりするには、それなりの広さも必要なのだろう。

浅間神社は、中川と竪川が交わるあたりにあると聞かされ、冬馬は竪川を東に向かってひたすら歩いていた。

小高い場所が見えるところまでやってきた。浅間神社の、のぼり口である。冬馬は、一度、見あげただけで頭もさげない。頭のなかには、神や仏などは存在していないのである。

もとは百姓屋だったのだろう、横長の建物が目に入った。浅間神社の小高い山よりも、二階の屋根は高い。

「ここにも、神仏など関係なさそうな人たちがいるようです」

苦笑しながら、冬馬は案内を乞う。

出てきた男は、あばた面だった。

横柄な態度に、思わずむっとしたが、喧嘩をしにきたわけではない。下手(したて)に出ながら、高飛車な態度をはぐらかしていると、

「おや、あんた、誰かと思ったら、冬さんじゃないか」

冬さんとは誰のことだ、と怪訝な顔をすると、

「私ですよ。幼馴染のお美濃ですよ」

「お美濃ちゃん、あぁ、そうか、おまえだ。そうだ、そうだった。私はあんたがここにいると聞いて、訪ねてきたのだった、そうだな、お美濃ちゃん」

「はいはい、そうですよ。いつ訪ねてくるかと、心待ちにしてましたよ」

そんな約束などはしていない。すべては、お美濃の機転である。

冬馬もそれに答えてくれたと、お美濃も胸を撫でおろしているようだ。

あばた面は、おめぇの知りあいか、と吐き捨てて、奥に引っこんでしまった。

「旦那、来てくれたんですね。弟から聞いていましたが、どんな策を練っているのか知らなかったので、不安でした」

「やぁ、なんとかここまで来れました」

きょろきょろする冬馬を見て、お美濃は苦笑いしながら、

「みの吉は、ここにはいませんよ」

そうでしたね、と冬馬はうなずき、

「私はもぐりこめたんでしょうか」

「とにかく、私の部屋にどうぞ。せまいですけど」

「ううむ、女とふたりで、しかも同じ部屋とは」

まごまごしている暇はありません、とお美濃は、冬馬の手を引っ張った。

「入りこんでしまえば、こっちのものです」

お美濃は冬馬の手を引き、ずんずんと奥に進んでいく。

部屋は三畳と、せまかった。それでも、女だからとひと部屋与えられているから、そこは助かる、とお美濃は隙間を開けながらいった。

座ってください、といわれたが、冬馬はつっ立ったままである。

「やつらにそんなところを見られたら、困りますよ」

「ううむ、そうですね」

「はい、もっと泰然としていてください」

わかりました、と冬馬は、どんと腰をおろした。すると戸が開き、

「おい、てめぇ、お美濃の幼馴染というが、本当か」

「嘘かもしれませんね」

冬馬は、しれっとして答える。こんなときは、相手の予測を外した答えのほうが、効果があるのだ。

「ち、ふざけた野郎だ。たしかに、お美濃の馴染みだな」

「幼馴染です。馴染みではありまん。意味が異なりますから、注意してください」

「け、なんだい、こいつは。お頭が呼んでいるんだ。さっさと来やがれ」

わかりました、と冬馬は立ちあがる。同じようにお美濃も動こうとしたら、

「おめぇはいい、この野郎だけだ」

「え、でも、この冬さんは、私の」

「馴染みなんだろう、いや、幼馴染か。どっちでもかまわねぇが、お頭は、こいつとサシで話してぇらしいぜ」

「そうですか。ではしかたありませんね」

お美濃は冬馬に目を向けた。その視線の奥では、ばれないように頑張ってください、と語っていた。

五

「てめぇが。お美濃の馴染みの客かい」

客ではない、と冬馬は答えるが、鬼蔵は、そんなことはどうでもいい、と鼻を鳴らす。

「てめぇ、ここがどんなところが知ってきてるんだろうなぁ」

「お美濃ちゃんから聞いてます」

「それなら話は早ぇ。このねぐらに一度足を踏みこんだら、ただじゃ帰れねぇって知っていたかい」

「いま、聞きました」

「とぼけた野郎だ。そこでだ、これからおめぇに、おれたちの仲間になってもらうにあたって、試験をやる」

「はて、それはなんです」

「簡単だ。お美濃を殺せ」

「まさか、そんなことはできません」

「だったら、おめぇはここで、一生、息ができなくなるんだ」

「どういうことですか。私の鼻も口も元気です。息はできます」

「死んでもらうってことだ、馬鹿め」

「どうしてですか。どうして私が殺されるのですか。それに、お美濃ちゃんを殺す理由はなんです」

「おめぇが、犬じゃねぇことをはっきりさせるためよ」

「意味がわかりません。私は犬ではありません。と……冬という名前があります」

「と、とはなんだい」

「と、はとです。そんなことは、とっても簡単だ、といいたかっただけです」

「ほう、簡単とは、お美濃を殺すというんだな。まぁ、本当に殺すことができたら、おめぇは犬じゃねぇ、と認めてやろうじゃねぇか」

鬼蔵が、下品な笑い声をあげると、あばた面がいった。

「お美濃は、近頃おかしいんだ。どうも、町方とつるんでいるらしいからな。だから、頭は殺せといってるんだ、わかったか」

「わかりませんけど、わかりました」

「いってぇどっちだい」

「大変な話だという意味です」

　調子が狂う野郎だぜ、と鬼蔵はあばた面に、あとのことは任せる、といって、離れていった。

「やい、てめぇ、冬といったなぁ」

「はい」

「冬の生まれかい」

「さぁ、知りません」

「まぁ、そんなことはどうでもいいのだが、お美濃とはどんな仲なんだい」

「幼馴染です」

「ち。わからねぇやつだ。そう聞かれたときは、生まれ故郷とか、江戸の深川とか、手習いで一緒だったとか答えるんだ」

「忘れました」

「なんだと」

「どこで幼馴染だったのか、すっかり忘れてしまいました。私は、あるとき、上の弟に悪戯されて、頭がおかしくなったのです」

「上の弟とはなんだい。本当に馬鹿なのか、おめぇは」

「二階に弟がいたのです。私が外で遊んでいたときに、弟が、二階から石をぶつけてきました。それが頭に当たって、おかしくなったのです」

本当かい、とあばた面は怪訝な目つきで、冬馬をじろじろと眺めまわす。

「ふん、どこまでが本当の話かわからねぇが、まぁいい。話は簡単だ。お美濃を殺したらいいんだからな。そうすれば、おめぇもれっきとした鬼組の仲間入りだ」

「楽しみにしてます」

「しかし。おめぇは変わった野郎だぜ。それでも犬だとしたら、そうとうな腕扱(うでこき)かもしれねぇ」

「それはありがたい言葉です」

冬馬の応対に、あばた面は呆れ続けている。

あんな受け答えをしたのはいいが、本当にお美濃を殺してしまうわけにはいかない。

こんなときは、父に頼るしかない。

冬馬は父に宛てて、文を書いた。あばた面から買い物にいってこい、と頼まれたとき、竪川沿いにある中之郷の渡し場まで走った。そして、その文を船頭に頼んだ。

届けてくれたら、父がお礼に大金を出してくれるはずだ、というと、若い船頭は、渡しの刻限が来る間に、ひとっ走り行ってきます、と竪川沿いを、両国に向かって駆け抜けていった。

お美濃殺し、決行の日が来た。

その日、冬馬はひそかにお美濃と会っていた。鬼蔵やあばた面たちには、お美濃に気がつかれたら困る、といわれていたのだが、そんなことは知っちゃいない、と冬馬は、堂々とお美濃の部屋に入っていく。

「てめぇ、話をばらすわけじゃねぇだろうな」

あばた面は唾を飛ばすが、

「あまり離れていても、かえって疑われたら困るでしょう、だから、ちょっといいことをしてきます」

「ふん、てめぇも隅におけねぇ野郎だぜ」

「どうしてです」

「いいから、早く行け」

部屋に入ると、お美濃は繕い物をしていた。器用な指先を見て、冬馬は感心しながら話しかける。

「お美濃さん、いいことをしにきました」

「え、な、なんですいきなり」

目を丸くしたお美濃は、冬馬に視線を止める。

「なにか、子細がありそうですね」

「はい、じつは……」

耳を貸してください、と冬馬はお美濃に近づいた。

怪訝な顔をしながら、冬馬の言葉を聞いていたお美濃は、顔色が変わった。

「心配はいりません」

「しかし鬼蔵たちは冬馬さんが、町方だとばれていたのですね。私が動きまわっている理由も知られていたのでしょうか」

「敵も、いろいろ調べているのでしょう」

「では……」

「はい、私にしても、最初からばれていると考えておいたほうが、いいと思います」

鬼蔵たちは、懐に冬馬が飛びこんできたと、心では笑っていたに違いない。つまりは、油断しているのだ。だからこそ、お美濃を殺す試験をやる、などといって、冬馬を試しているのだ。

「それでは私は、とんでもなく冬馬さまを危険なところに連れてきてしまったのですね」

「心配はいりません。私は、一見、頭がおかしく見えるでしょうが、じつはそこが強みなのです。父がいつもそういって自信を持たせてくれました」

だから、今回もなんとかなる、と冬馬は断言する。

「とにかく、私にお任せください」

「わかりました」

冬馬の自信ある態度に、お美濃はうなずいている。

部屋から出ると、鬼蔵に呼ばれた。

「ふ、てめぇ、お美濃を殺す前にいいことしたらしいな」

「はい、十分楽しみましたよ」

「ち、なんて野郎だ。まぁ、いい。で、お美濃殺しはどんな仕掛けなんだ」

「はい、こんな風にいたします」

冬馬は、ゆっくりと説明をする。

まずは、お美濃をある料理屋に連れだす。店はそんなに名の知れたところではない。あまり有名な料理屋では、後始末が大変だからだ。

ふたりで昔話でもしよう、と誘うのだという。

「ちょっと待て、おまえ、さっきお美濃の部屋に行ってきたではないか」

「ですから、いいことをしにいっただけです」

「そこで、誘いをかけたというのか」

「そういうわけです。お美濃はあっさりと誘いに乗ってきましたからね」

「ふぅん、なるほどな」

鬼蔵は、どこまで信用したらいいのか、わからねぇ、という顔つきである。もともと冬馬を引き入れたのは、町方の犬という疑いがあったからである。

それが、楽しそうにお美濃の殺害計画を語っているのだ。鬼蔵にしても、あばた面にしても、不思議な思いだろう。ふたりとも、どんな顔をして聞いたらいいのか、怪訝な顔つきである。

とにかく料理屋に誘いこんだら、そこで毒を飲ませる。そして、止めを刺す。

「これが、作戦の全容です」

「毒だって」

「けしの花です」

「毒草か……」

鬼蔵はうなずき、あばた面は気持ち悪そうに、冬馬が伸ばした手の上でうごめくけしの花をのぞきこんだ。

「これを口にすると、気持ちがよくなります。誰でも、夢の世界に入ることができます」

「あぁ、阿片の元だからなぁ。おまえ、そんな毒草ををどこから仕入れてきたんだ」

「なに、簡単な話です。懇意にしている薬種問屋で手にしましたからね。本物ですよ」

試してみますか、と冬馬は、鬼蔵の鼻先に突きつけた。

「いらねぇよ。頭が馬鹿になっちまう」

そうですね、と冬馬は普段と変わらぬ顔つきで、それを袂にしまいこんだ。

「さて、これを使って、お美濃は夢幻の境地になります。そして、私が切り刻みます」

「おめぇ、本当にやる気らしいな」

「もちろんです。仲間に入って悪行三昧ができるなら喜んで」

「しかし、おめぇは……」

「はい、ばれてますね。たしかに私は町方です。でも、給金が少ない。いっぱい危険な目に遭っているのに、身分は御家人と同じで、お目見えはできません」

「ははぁ、不浄役人は武士じゃねぇからな」

御家人は、お目見え以下の身分である。同心も同格である。したがって、旗本にはなれず、不浄役人と馬鹿にされる。このままでは嫁を娶(めと)ることもできない。

「そんな毎日から逃げたいのです。おわかりいただけると思いますが、どうでしょうか」

最後は笑みを浮かべて、鬼蔵とあばた面を見た。

「なるほど、聞いてみたらたしかに、おめぇの気持ちもわかるぜ」

「そうでしょう。ですから、私も仲間に入れてください。お美濃はきちんと始末をつけますよ」

「ふうん」

するとあばた面が叫んだ。

「まぁ、俺たちにはな、後ろ盾があるし、なにをやっても捕まらねぇからな」

得意げに顎をあげると、

「まぁ、本当に切り刻めるかどうかだぜ」

いいな、と冬馬を睨みつけたのである。策が成功したとしても、自分のほうが兄貴分だとでもいいたそうであった。

六

お美濃殺害の日が来た。

冬馬は鬼蔵に挨拶をしてから、お美濃を連れだした。もちろん、お美濃は冬馬からどんな策を弄するか、ある程度は聞かされている。ただし、なにも知らぬふりをしたままである。

ふたりは、亀戸村から竪川沿いを両国に向かう。途中、中之郷の渡し船を通りすぎ、四の橋まで出た。そこからさらに川沿いに進むと、横川とぶつかり、ふたつの川をまたぐように、コの字型に橋が架かっている。

それぞれ、新辻橋、南辻橋、北辻橋の名前がつけられていた。

冬馬は、新辻橋のすぐそばにある店に入った。

料理屋というよりは、居酒屋のちょっと高級、といった風情である。日本橋や、両国、浅草などで人気のある店とは異なり、古さを競っているような造りであった。

「誰かにつけられているような気がしましたが」

座敷に座ると、お美濃は心配そうに眉をひそめる。

「あばた君がつけてきていましたね」

「あばた君、あぁ、半太(はんた)ですね」

「そんな名前だったのですか、初めて知りました」

「旦那らしいですねぇ」

「名前を覚えるのが下手(へた)なのです。といいますか、興味がないので」

まぁ、とお美濃は苦笑しながら、

「いま、半太はどこにいるんでしょう」

「外で待たせています。鬼蔵とあばたの半太は、すっかり私を信用したらしいですよ」

「旦那の言葉には、真実味がありますから」

「そうでしょうか」

「はい、ですから私は信頼して頼ることができているのです」

「へぇ、そんなものですか」

信頼しているといわれても、たいして感動していないらしい。

「いつ、私は殺されるのですか」

「どうせなら、うまいものを食べてからにしましょう」

冬馬は、女中を呼んでお膳を運ばせた。こんな悠長なことをしていてもいいのでしょうか、とお美濃は気にしていたが、冬馬があまりにも自若(じじゃく)しているために、途中からは笑い声も出るのだった。

食べ終わると、さて、と冬馬が立ちあがった。

「はい、いよいよ私は殺されるのですね」

「いえ、まだです。厠に行こうと思っただけです」

照れもせず、笑みも浮かべずに冬馬は答え、行ってきます、と告げて廊下に出ると、ささっと突きあたりにある部屋に入っていく。そこにいたのは、弦十郎であった。

「半太とかいう男が、離れに入ったようだぞ」

部屋の隅に、大きな鍋が置かれてあった。そこから凄まじい臭気が漂っている。

冬馬は鼻をつまみながら、それが例のあれですか、と聞いた。

弦十郎は、そうだ、と笑った。

「まぁ、うまくやるから心配するな」

弦十郎は、どかりとあぐらを掻いたまま冬馬に告げる。

「あばたの半太がその辺にいるとしたら、慎重にやらないといけませんね」

「なに、あんなうすのろなど、気に病むことはあるまい」

「そうですね。とにかく父上次第ですので、お願いします」

「任せておけ」

冬馬は、もう一度鍋のほうに視線を向けると、鼻をつまみながら部屋を出た。

すぐお美濃のところに戻ると、

「いきますよ、覚悟してください」

「いよいよですか」

「それと、仕掛けはひとくちではいえない、とんでもない策ですから、驚かないでください」

「殺されると覚悟したときから、驚きはなくなりました」

笑みさえ浮かべながら、お美濃は答えた。

冬馬は、では殺します、といきなり刀を抜いた。

なんの合図もなく刀を抜いた冬馬を相手に、お美濃は身構えた。

「いきます」

刀を振りあげてから、冬馬は、すっとお美濃に近づき、

「逃げてください」

「え……」

「いいから、この部屋から逃げるのです」

「でも……」

「私が追いかけます。廊下を出たら、直進して右の部屋に入ってください」

「は、はい、わかりました」

「早く」

えい、と冬馬の大きな声が響いた。

お美濃は、助けてぇ、と叫びながら廊下に飛びだし直進すると、冬馬が教えて

くれた部屋を開けた。

その瞬間、お美濃の身体は固まっている。追いかけてきた冬馬が、叫んだ。

「死ね」

きゃぁ、とお美濃は部屋のなかに飛びこんだ。すぐさま、弦十郎がやってきた。

「これを纏(まと)うんだ」

「え……」

「考えている暇(ひま)はない。早く」

とんでもない臭さが部屋のなかを包みこんでいる。なにが起きているのか、お美濃には判断できない。しかし、これが冬馬のいっていた殺しの策なのだろう、と度胸を決める。

「わかりました。私はなにをすればいいのですか」

「これを持って、部屋の真ん中で倒れていればいい」

「はい、わかりました……」

答えはしたが、渡されたものが手につかない。ぶよぶよしていて、やわらかい。魚の内蔵のようなものかと思ったが、魚よりは大きい。考えていてはいけない、と思いながらも、次の行動が取れずにいると、弦十郎が、

「抱えて倒れるんだ」

ぶよぶよしたものを、お美濃の手に持たせると、腹の上にそれを塗りたくった。

気持ちが悪い、と考えている暇もなかった。

「お美濃、おまえはここで死ぬんだ」

冬馬が叫びながら突っこんできた。

――そうだった、私は死なねばならない……。

お美濃は、自分にいい聞かせて。ぶよぶよをつかんで、そのまま畳の上に身体を投げだした。

すぐさま、身体の上になにかを重ねられた。さらに臭気が部屋中に蔓延する。

そこまできたら、お美濃は観念するしかない。匂いも、ぶよぶよの気持ち悪さも、途中から気にならなくなっていた。

弦十郎が、お美濃の耳元でささやいた。

「悪いがしばらく死んでもらう」

大きな手が、お美濃の首を締めはじめた。

息ができなくなり、途中から意識が消えた。

「見てください」

冬馬の前にやってきた半太を、お美濃が倒れている部屋に案内をする。

「な、なんだ、この臭いは」

障子を開くと、半太の足が止まった。あまりにも臭気がひどかったからだ。

「お美濃が死んでいるからですよ」

「……それにしても、くせぇな」

鬼蔵から、本当にお美濃が殺されたかどうかその目で見てこい、といわれているのだ、部屋が臭いからといって、逃げるわけにはいかないはずだ。冬馬は、半太の背中を押して、

「早く見てください。このままにしていては、私が捕まってしまう」

「あぁ、そうだな」

部屋に入った瞬間、半太の目に飛びこんだのは、凄惨なお美濃の死体であった。

腸はちぎれて、部屋のあちこちにばらまかれている。

死体の腹からは、やはり腸が飛びだし、それをお美濃は自分で抱えるような体勢をとっているのだ。

「これは……おめぇ、とんでもねぇことをしやがった」

血が壁に飛び散り、小さな肉片がへばりつき、じりじりと壁から落ちはじめている。

「息をしているかどうか、調べますか」

あ、あぁ、と半太は顔をしかめながら、お美濃の鼻に手をあて、さらに首にも指を載せた。

「息はしていねぇな。脈も止まっているぜ」

指先に肉片がくっついたのか、半太は手を振りながら、

「早く逃げるんだ」

いますぐ、その場から離れたかったのだろう、半太は踵を返す。

「後始末はどうするんだい」

階段をおりながら、半太が問う。

「そんなことは考えていません。逃げるしかないでしょう」

「そうだな。騒ぎを聞きつけて町方が来たら困る」

半太は、大股で逃げだした。

ふたりは、竪川沿いを矢のように逃げた。

しばらく走って、ようやく亀戸村に入る。

浅間神社の境内に飛びこんだ半太は、手水舎(ちょうずや)で手や顔を洗った。

「気持ちわりい。まだ、あの臭いが身体から離れねぇ」

「しかたありませんね」

「おめぇ、ぼんやりした顔に似ず、とんでもねぇ悪党だぜ」

「そうかもしれませんねぇ」

「ほらほら、そののんびり顔にみな騙されるんだ」

「そうかもしれません。騙すのは気持ちがいいものですから」

舌打ちしながら、半太は、帰るぜといって、浅間神社の境内から通りに出た。

「これで、私もみなさんの仲間入りですね」

歩きながら、冬馬が聞いた。

「あぁ、まちげぇねぇだろうな」

「お頭は、なにか大きな仕事があるようなことをいってましたが」

「あぁ、本当のお頭が出てくるんだ」

「なにをどうするんですか。大店でも狙うんでしょうか」

「さぁ、そこまでは俺も知らねぇ。とにかく鬼蔵さんに報告だ」

あぁ、くせぇくせぇ、といいながら半太は、ねぐらに向かった。

七

それから三日後……。

首尾よく鬼蔵組に仲間入りできた冬馬は、この日、大きな仕事があるから、と総勢九人の仲間と、あるところを走っている。

丑三つ刻になろうとする頃合いであった。黒装束に匕首を懐に忍ばせた冬馬も、見た目は立派な盗賊であった。

「どこに行くんです」

鬼蔵組は掏摸集団ではないのか、と冬馬はとなりを走る半太に問うた。

「表向きはそうだが、中身はもっといろんな悪事を働いているんだ」

それができるのは、裏に大きな人がいるからだ、ともいう。

お美濃殺しから、半太は冬馬を信用しはじめたらしい。

「おめぇみてぇな町方がついてくれたら、なにをやっても捕まりはしねぇな。まあ、いままでもそうだったんだがな」

半太は、とんでもない組織の中身を暴露（ばくろ）しているのだが、そこまで考えていないようである。

冬馬は、後ろ盾になっている大物とは、奉行所にかかわりがあるのではないか、と半太の言葉で気がついた。だからこそ、いままでも捕まらずにいたのだ。

それが事実だとしたら、とんでもない話である。

しかし、それが父の探索とつながるかもしれない。そうなったら、お美濃が近づいてくれたのは、行幸(ぎょうこう)だったということになる。

半太は、よけいなことは考えずに今日の仕事をうまくやれ、とにやついた。

「そうしたら、金一封が出るんだぜ」

「へぇ、そうなんですか」

「ただし、へまをやったやつは、その場で切られてしまうんだ」

だから気をつけろ、といいたいらしい。

先頭を走っていた鬼蔵の足が止まった。

ここはどこだろう、と周囲を見まわす。

闇のなかを灯火もなく走ったから、周囲は真っ暗で場所は判然としない。普段見まわりをしている神田、浅草界隈なら目星はつく。しかし、ここは土地勘のない場所のようであった。

半太に聞くと、深川だと答えた。

どうりで、水の匂いが漂っている。

鬼蔵は、少しだけ進んで　ここだ、と小さな声でみなに告げている。目の前には大きな屋根の陰が、空に浮かんでいた。月夜のためか、薄く照らされた屋根は、無気味である。

ねずみ小僧が出そうな夜だ、と冬馬はつぶやいたが、誰も聞いてはいない。

と、誰かが建物のなかから姿を現した。続いて、また影がその後ろから出てきた。

「誰だ……」

先に現れた影が、後ろに聞いた。

「やはり、おまえだったのか……」

「なに……」

あっと、先の影がうめいた。

「近頃、誰かが俺を調べていると聞いていたが、おまえだったのか」

「おまえがうちを訪ねてきて、気がついた。どこまで調べているか、それを知りたかったのであろう」

——ふたりの声は、磯上三九郎と、父上……。

そうか、三九郎がどうして訪ねてきたのか不思議であったが、これで謎が解けた、と冬馬は得心する。

「おまえが、こんな連中を裏で操っていたせいで、江戸の大店は戦々恐々としていた。あまりにも逃げ足があざやかなので、しばらく探っていたのだ」

「ふん、隠居がなにをいうか」

「隠居でも、おまえを捕縛はできる」

「やかましい」

三九郎は、刀を抜いて青眼に構えた。

鬼蔵や半太、ほかの掏摸連中は、なにが起きたのか把握できぬのであろう、お互いひそひそと話しあっている。

半太が突然、踵を返した。

「おっと、逃げようとしても無駄です」

冬馬が、両手を広げて半太の前に立った。闇のなかだが、その姿は背筋が伸びて、威厳が感じられる。

「なんだと……てめぇ…そこの野郎とつるんでいたのか」

「神妙に縛についてください」

「ふん、てめぇだって、人殺しだろう」

「話はそこまでです」

盗人姿の冬馬ではあるが、心は町方である。その威厳ある姿に、半太は一瞬怯んだ。

「逃げようとしたら、私が斬ります」

大刀はさげていなくても、匕首は持っている。それを懐から取りだして、半太の前に突きだした。刀とは勝手が違うが、十手捕縄を扱える冬馬だ、匕首も変わりない。

無様に半太は、冬馬の匕首の柄で脳天を叩き落された。ぐうと呻きながら、闇のなかに倒れる。

「やばいぜ……」

誰かがささやいた。

「逃げよう。俺たちは、ただの掏摸だ、こんな盗賊の真似はしたくねぇ」

その言葉が合図だった。

九人はいっせいに逃げだしたのである。しかし、どこで網を張っていたのだろう、いっせいに御用提灯が姿を現したではないか。

「……これも父上の仕掛けですね」

刺股や梯子、投げ縄などの餌食になった九人は、逃げ場を失い、九人すべて捕縛されたのであった。

そんななか、父と三九郎は刃を交えている。

父は、神道無念流の免許皆伝である。普段の捕物では、剣術を使う機会は少ない。そのせいか、冬馬は父が剣を持って戦う姿を見たことがなかった。

三九郎は青眼に構え、父は上段に構えていた。

「さすが、免許皆伝。やるな」

三九郎がつぶやいた瞬間だった、父の刃の向きに変化が生まれた。

「う……まぶしい」

かすかではあるが、一瞬、月明かりが刃紋と交わった。

その瞬間、父は高々と飛んでいた。

八

後日、父は三九郎について、気に入らない男だと思っていた、と語った。

三九郎は、吟味方、筆頭与力である。

奉行所ではお奉行さまに次ぐほどの身分である。三九郎のひとことで、刑期や罪状などが決まるし、平与力の結審もひっくり返ることもある。

それだけ力が持っているからこそ、鬼組は捕まらずに済んだのであろう。ときにはまわりが、その罪状はおかしい、と思えるような審議があった。おそらく、悪党から賄賂をもらっていたのであろう。

気に入らない理由は、それだけではない。真実味がない言葉遣いが理由だったが、

「まさか、裏であんな連中を仕切っていたとは」

同僚があんな掏摸連中、いや、押し込み強盗を働く輩を手下にして、奪った金子を手に入れていたとは、誰も気がつくはずがない。

「私もまだまだ修行が足りぬらしい」

「そんなことをおっしゃったら、私は、まだまだまだまだ、全然、まだまだです」

「おまえには前途がある」

「父上にだって、先はあります」

「老い先という短い先だな」

「そんなことはいわないでください。今回のことでも、父上がいたから手柄を立てることができたのです。私ひとりでは、ここまではできなかったでしょう」

ふむ、と幻十郎はうなずき、

「まぁ、よい。おまえの大手柄になったのだ。素直に喜ぶとするか」

「はい、そういたしましょう。それにしても、磯上三九郎との一騎打ちには痺れました」

「私も斬り殺してしまうとは考えてはいなかった。肩に斬りおろそうとした瞬間、やつと目が合った。邪悪な目であった。そこで切っ先を肩から額に変えてしまった。気に入らぬ相手でも、同輩には違いない。斬りたくはなかった」

「わかります。でもやつは悪党でした」

そうであるな、と父は答える。

「それにしても、おまえもよく、ぶちまけた豚の臓物のなかにいることができたものだ」

「はい、おかげで、おなごへの苦手意識は消えました」

「それは、またどういう風の吹きまわしであろうか」

「私にもわかりません。あの豚の血だらけになったお美濃さんを見たときに、なんだか、美しいと感じてしまったのです。いえ、血だらけの姿ではありません。こんなにしてまで悪の道から逃げたかったのか、と思ったら、なんとも、お美濃さんの一生懸命さに感動させられました」

「ほう、その気持ちが苦手を克服したと」

「はい、おなごは美しいです。大好きになりそうです」

冬馬のてれもない言葉に、弦十郎は大笑いをする。

お美濃は、弦十郎に息を落とされて、気絶していただけである。半太は止まった脈を確認していたが、脇の下を縛りつけていただけである。そうすると脈は止まったように感じられるのだ。

悪の世界から逃れることができたお美濃は、いったん江戸から離れるように弦十郎が勧めた。

江戸にいたら、鬼蔵のところにいた罪を問わねばならないからであった。

「ところで、冬馬」

「はい」

「お美濃は、江戸から消えたが、弟の姿が見えぬようだが、いかがした」

「それなのです。せっかく姉を助けたのに、肝心の弟がおりません。どこに行ってしまったのやら」

「ふ、おまえはまだまだであるな」

「そうですね」

「素直なのはよいが、もっと疑う意識も持たねばならん」

「はて、それはどのような意味でしょう」

「みの吉などという男は、最初からおらぬのだ」

「父上も会話なさったではありませんか」

「あれはお美濃の変装だ」

「え……まさか」

「おまえが女は苦手だというから、あのように男姿で、しかも弟と偽って、おまえに助けてくれ、と頼ったというわけであるなぁ」

「ははぁ、そうでしたか。いかにも似た姉弟だ、と思っていましたが、本人なら似ていて当然ですね」

「このように、女は嘘をつくときもある。どうだ嫌いに戻ってしまったかな」

「いいえ、ますます好きになりました。それにときどき嘘は男もつきますから」

父も見たことのないような笑顔で、冬馬ははっきり答えたのであった。


「あんたの話は長すぎるよ」

ようやく終わった冬馬のひとり語りに、夏絵は飽き飽きしている。

「それにしても、そんな昔話があったとはねぇ」

夏絵は、あんたの父は立派だった、とまた懐かしそうな顔をする。

「たしかにそうでした。月明かりを反射させて飛んだ姿を、小春さんにも見せたかったです」

「では、今度は旦那さまが、見事な姿をお見せください」

夏絵が早く鯛を食べろ、とふたりに勧めて、

「いつになるかねぇ、そんな威風堂々とした姿を見られるのは」

それでも小春は、満足そうな笑顔を見せる。

「そんなことがあったから、私に近づくことができたのですね」

「はい、苦手を克服できましたから」

よかったのかどうか、と夏絵はあくまでも冬馬を認めようとはしない。

と、そこに頼もう、という声が聞こえた。

「来たよ、来たよ。ふふ、私が出迎えてあげよう」

夏絵が、いそいそと立ちあがった。聞こえてきたその声は、若旦那である。

「おおい、腑抜けの同心はいるか」

その叫び声に、冬馬は思わずつぶやいた。

「新たなる苦手が生まれたようです」

「はて、今度はどんなかたになりきっているのでしょう。楽しみですね」

小春は、笑いながら夏絵のあとを追っていく。

第四話　謎の裏本屋

一

江戸の町は落ち葉の季節が深まっていた。

まだ、冬支度には早いが、なかにはすでにどてらを着だした長屋の老人なども
ちらほら見えて、

「寒くなってきたねぇ」

「なんだか、身体がだるいんだ」

などと、体調の狂いを訴える年寄りたちも増えていた。

ここ浅草浅草寺裏にある長屋でも、そんな会話が交わされている。住人たちは、
みな居職(いじょく)であり、仕事を待っているために、通称人待ち(ひとま)長屋と呼ばれている。

じつは、人を待っているのではなく、仕事の声がかかるときを待っているのだ

が、仕事待ち長屋では聞こえが悪い、と大家が人待ちに変えたらしい。だけど、それも真かどうかは、誰も確かめたことはない。

そんな長屋のいちばん奥から、大きな声が聞こえた。

「馬鹿野郎！」

いきなり怒鳴られて、巳八は驚いた。

「食べ物を口に入れたまま、しゃべるなっていってるだろう」

怒鳴っているのは、叔父の勘造だった。親がなくなったあと、引き取ってくれた育ての父である。何度も何度も拳固で殴られ、口は切れ、目は腫れ、こめかみから血が流れ出た。それでも叔父の折檻は終わらない。

とどめに唇を傷つけられた。

父の近助が亡くなったのは、三年前のことである。そして、故郷の上総一宮を出て、叔父のいる江戸、浅草にやってきた。

近助の仕事は大工だった。したがって巳八も、鉋削りや金槌などを使いこなせるようにと、父から手ほどきを受けていた。

しかし、近助が亡くなり、叔父に厄介になると、

「大工なんざ、下の下だ」

「でも、父っつぁから、いろいろ教えてもらったから」

大工を続けたい、と頭をさげたのだが、

「だめだ、おめぇは、俺の弟子になって修行しろ」

錺(かざり)職人に転身するよう押しつけられたのである。

一宮から出てきて、やっと畳の上に座ることができた、と安心したとき、一からの出直しだ、と勘造からに告げられたのである。

普段から、勘造は厳しかった。

ちょっとした失敗も許されなかった。

そのたびに、顔を殴られ唇を切り、ほっぺたが腫れあがった。

怒鳴られたその日の夜、巳八は逃げた。折檻の恐怖に耐えられなくなっていたからだった。

しかし、あっさりと居場所はばれてしまう。

江戸に不案内の巳八には、行くあてなどない、と勘造は知っていたからだ。

「どこに逃げようとしても、無駄だ」

すぐ見つけられるからな、と肝臓は鉄拳を振るった。

巳八の頬が赤くなり、顎が外れた。

「いてぇか、殴られるのはいやか。ふん、それならしっかりと仕事を覚えるんだな」

叔父は、その日、巳八を縛りあげて床下に放りこんだ。寒さと情けなさで、巳八は、ひと晩泣きはらした。

近所の人たちが気がつき、朝方、助けてもらった。

涙は枯れ果てていた。

――どうして、俺だけがこんな目に遭わなければいけないんだ。

巳八の心は、完全に壊れてしまっていたのである。


それから二か月過ぎた。

勘造の折檻は止まらなかったが、巳八の腕は格段に上達していた。

季節は、秋も深くなり、街頭の木々は色づき、落ち葉となり、道端から大川へと運ばれていく。

大川の流れには、色をなくした葉が漂っている。

そして、ここは八丁堀組屋敷の一角。

秋は哀しい、と冬馬はつぶやいた。

「おや、どうしてです」

「さぁ、なぜでしょう。なんとなく物悲しいのです」

「旦那さまは、心が豊かですからね。ちょっとした季節のうつろいにでも、反応するのでしょうねぇ」

「私は、心が豊かなのですか」

「はい、豊かです」

「ふうむ。それは知らなかった」

そんな会話を交わしていると、母の夏絵が姿を現す。いわばこれが、猫宮家の定番である。

「おやおや、また夫婦で意味のわからぬ会話をしているのかい」

「意味のない会話などしておりませんよ」

苦笑しながら小春が答えた。

「今日は、魚屋は来ていないのかい」

いつぞや、夏絵はなにを思ったのか、魚屋の伊助（いすけ）から、鯛をまるごと一匹買って、振る舞ったことがあった。

「今日はまだ来てませんね。まわっている途中で売り物が終わったら、それで終わりですから」

「売りきれたのならしょうがないね」

伊助が運んでくる魚は、夏絵の住まいがある富澤町をまわってくる魚屋よりおいしい、と気に入っているらしい。

「そういえば……」

夏絵が、きょろきょろする。こんなときは、若旦那を探しているのだ。

「まだ来てませんよ」

「おやまぁ、残念だこと」

そういってから、夏絵は思いだしたようにいう。

「なんとかというおなごが、弟と二役やってたのに、それを本当の姉弟だと思ってた人がいたってぇ話があるけどね。そんな簡単な変装に気がつかない人が定町廻り同心だとは、片腹痛いね」

小春が苦笑していると、

「いるかい、冬馬の旦那は」

遠くから声が聞こえた。

「話しをすればなんとやらですね」

来ましたよ、と小春は夏絵を見る。

聞こえた声は、若旦那に違いない。しかし、まわりを見ても誰もいない。今度は、誰になりきっているのか、楽しみだ、と夏絵は若旦那の姿を探した。

「おっと、そこまでだぜい」

黒紋付に、羽織を着た男が、木陰から出てきた。その姿を見ると、冬馬の同輩と見紛うほどである。それでも声は若旦那なのである。

「おやおや、どちらさまですか」

夏絵が真面目な顔で問うと、

「ははは、私は、本宮無二斎。江戸一の剣客同心である」

「……本宮無二斎……聞いたことがありそうな名前だけど」

夏絵が思いだそうとしていると、これを見たらわかるかな、と若旦那は背中を向けた。そこには「無」の印が縫いこまれてある。

「なんだい、それは」

「わからぬかなぁ、無であるよ」

「そんなことは見たらわかります……あ、あぁ、もしかしたら」

「ふむ、やっと思いだしてくれたらしい」

「でも、あんた、いえ無二斎さん、その無の印は……」

「そうである。あまり表には出してはいけないのだが、みなが私の顔を知りたい、というからな。こうやって面相をさらすことにした」

馬鹿な、と夏絵は声にだした。顔はあきらかに馬鹿にしている。

小春は、誰なんです、と小さな声で聞いた。

近頃、江戸ではやっている草双紙だよ。無口な無二斎という定町廻りの物語が出まわっているんだよ、と夏絵は答えた。

小春は知らないばかりか、そんな話は聞いたこともない。

「秘密に売られている裏本だからね」

「裏の本ですか」

「あぁ、あまり褒められたような内容ではないね」

「といいますと……」

「だから、まぁ、ほれ、危な絵の読本といった風情だ」

「まぁ、若旦那はそんな読本の主人公になりきっているというのですか。どんな人なんです、その無二斎というのは」

「あぁ、北か南か忘れたが、定町廻り同心なんだが、女好きでねぇ。自分は江戸で一番のモテ男だと豪語しているんだ」

「江戸一番のモテ男ねぇ。それはまたすごい自信ですこと」

「あぁ、その言葉どおりに、あちこちで女を……悦ばしているんだよ」

小春は、呆れすぎて言葉にならない。そんな人が冬馬のそばに寄ってきたら、大騒乱になるのではないか、と心配になった。

「あんたの旦那は大丈夫だろうよ」

小春の心を読んだように、夏絵は笑う。

「あの旦那さまは、ちょっとやそっとのことでは、驚きもしないだろうよ」

「……そうかもしれませんねぇ」

たしかに、冬馬には感動や驚きの気持ちを表す力に欠けているところがある。

「しれっとやりすごすかもしれませんね」

「で、旦那はどうしたんだい」

「まだお役目のお時間ですよ」

あぁそうか、と夏絵は空を見る。太陽の位置を確認したのだ。

「でも、そろそろ戻ってくる頃合いだね」

夏絵の指摘は鋭かった。それから四半刻もかからずに、冬馬の姿が現れたのである。

二

無二斎……誰ですそれは、そんな同輩は北町にはいませんが、と冬馬は、大笑いをしながら名乗っている若旦那の前に立っていた。

「南町でも聞いたことはありません」

「そらぁいねぇだろうよ」

若旦那、いや無二斎はにやにやしながら答える。

「おれはなぁ、北でもねぇ、南でもねぇ」

「では、どこなんです」

「真ん中だ」

「はぁ……真ん中とはなんです」

「おめぇ、言葉を知らねぇのかい。真ん中といえば中央だ」

「中央……だいぶ昔、北と南のほかに、中町(なかまち)奉行所があったと聞きましたが」

中町奉行所は、元禄のころにあったが、すぐ閉じられている奉行所である。

「それだ」

「いまは、ありませんよ」

「そんなことは俺は知らねぇ」

とにかく自分は中町の、本宮無二斎だといい続ける。

途中で、面倒になった冬馬は、あぁそうですか、と話をおさめてしまった。

「おい、冬さん」

冬と呼ばれるのは二度目である。

一度目は、お美濃だったが、あのときは正体を隠すためである。しかし、いまは、そんな仕掛けが必要な場合ではない。

「……なんですか」

いつもと変わりなく無表情だが、内心はむっとしている。

「さっき、そこの自身番で聞き及んだんだがな」

「そうでしょうとも」

「人が殺されたと、騒いでいる子どもがいたんだが」

「それがいかがしました」

「放っておいてはいけねぇ、と思うんだが、冬ちゃんはどうする」

「やめてください」

「おや、腕扱き同心とも思えねぇ答えだな」

「違います。その呼びかたです」

じっと聞いていた夏絵が大笑いをしながら、

「いいじゃないか。冬さん、私が夏だから、いい組みあわせだ」

「そんなことはありません」

冬馬は、じろりと夏絵を睨んだ。

「おお、怖い怖い。今日の冬さんは怖いねぇ。ところで、無二斎さん。差配の千右衛門さんは今日は来ないんですかねぇ」

どうやら、いつも差配が持ってくる小判を待っているようだった。

「今日は、俺ひとりだ」

まるで、親離れをしていないとでもいわれたような顔つきである。

「おや、それは残念でした」

そんなことより、と無二斎は冬馬に近づく、

「冬さん、いや、馬さん」

「名前をばらさないでください」

「そうか、では、冬馬さん。子どもが真剣な顔で、人が殺されている、と叫んでいるんだ」

無視するのか、と顔を近づける。

「どこの誰ですか、その子どもとは」

「あぁ、巳八とかいっていたがなぁ」

「あぁ、やはり……」

「なんだい、やはり、とは」

「巳八はときどき、そういってあちこちの自身番に飛びこんでは、人が殺されているとか、盗賊が逃げているとか、詐欺師とすれ違ったとか、そんな嘘ばかりいい続けている子どもですから」

「本当かい」

「ですから、また法螺を吹いているのでしょう」

「そうかなぁ」

「まわりは迷惑しているのです」

するると、夏絵がため息をついて、

「でもねぇ、あの巳八という子は、可哀相なんだよ」

全員が、夏絵を見た。どうして可哀相なのだ、とその答えを待っている。

夏絵は、聞いた話だけどね、と断って、生い立ちを語った。とくに、叔父、勘造の仕打ちに対しては、小春が耳を塞ぎたくなります、と嘆いたほどである。

「そんな叔父がいますか」

「まぁ、力でおさえこまれて、それでも、飾り職人としての技はあげたというから、子どもってのは不思議な力を持っているんだねぇ」

「それでも、嘘つきはいけません」

冬馬は、生い立ちは関係ない、と一蹴した。


「猫のおじさんがいるのは、ここですか」

本人が来た、と無二斎は驚いている。夏絵は、あんたが巳八か、と目を見開き、小春は、言葉を失っている。

「おまえ、さっきの」

無二斎が驚いていると、巳八はにやりと笑った。

「おっさんのあとをつけてきたんだ。あんたは、偽の同心だろう。本物のところへ行くんじゃねぇかと思って追っかけてきたら、やはり、そのとおりだった」

「子どもにしちゃ、知恵がまわるようだ。だがな、俺は偽者じゃねぇよ。ただ、みなは知らねぇところで働いているから、知らねぇだけよ」

「へぇ、そうかい。どんな探索をしているんだい」

「……それは、子どもには、いえねぇなぁ」

「そうかい、じゃ聞かねぇ。だがなぁ、本当に人が殺されているんだ。探索しておくれよ」

巳八は、半分涙目になりながら、冬馬に訴えた。それでも、冬馬は、知らぬふりである。

「本当なんだ。今度は、本当に嘘じぇねぇんだ」

「なんだい、自分でこしらえた簪でも買ってもらいたくて、そんな嘘をついているのかい」

夏絵が懐から財布を取りだし、

「魚を買う予定だったけど、おまえがこしらえた簪なら買ってあげるよ」

「違うよ、本当に殺されているんだ」

何度も何度も巳八は、本当だ、と繰り返した。その目つきをみると、嘘には感じられない。

「旦那さま、少し話を聞いてみたらどうでしょうか」

思いあまった小春が、冬馬に進言するが、

「いやです。こいつは、そうやって大人をからかってっているんです」

「でも」

「こいつの楽しみなのですから、私は、相手になる気はありません」

まったく話を聞こうとはしなかった。しかし、無二斎は違った。

「おい、小僧」

小僧と呼ばれて、巳八はむっとする。鋭い目つきで無二斎を睨んでいる。

「その話は本当に本当なのか」

「あたりまえだ。いままで俺は、嘘なんかいったことはねぇ……というのは嘘だけど、今度は本当だ」

「その台詞は、何度目だ。まわりから聞いた様子では、いつでも、本当だ本当だ、と騒いで、結局はやはり嘘だった、という場合が多いようではないか」

「それは、いままでだ」

「いまの台詞も、聞き飽きたという連中はいると思うが」

「ふん、じゃいいや。人が殺されたってぇのに、そんなに信じねぇなら、もう本当の話はしねぇことにする。どんどん人が殺されても、俺は知らねぇからな」

巳八は、だから大人は嫌いだ、といってその場から離れていった。後ろ姿は、寂しそうである。勘造から受けた仕打ちを考えると、みな、その生い立ちに同情してしまう。

冬馬なら、それが人を騙す手です、というかもしれない。

「まぁ、嘘なら嘘でもいい。俺は騙されてやろう」

無二斎は、とぼとぼ歩いている巳八を追いかけていった。冬馬は無表情でその様子を見ていたのだが、すっとあとをつけていった。

三

「なんだい、無二斎とかいう偽の同心さん」

巳八の憎まれ口を無視して、無二斎はそこで話を聞いてやる、と亀島町に連れていった。

小さな船宿に連れていく。

「座れ。おまえの話を聞いてやるのは、俺だけだぞ」

「それはありがてぇけど、目的はなんだい。あんたの名前は知ってるんだぜ」

「なんだって」

巳八は、裏の本で活躍している女たらしの名前だ、と笑った。

「ふん、知っていたのか」

「あぁ、悪童仲間がときどき持ってきてくれるからな」

「子どものくせに」

「興味を持つ年頃なんだ」

大人ぶった口調で巳八はにやりとする。

「そうか、そんなこともあるんだろう。で……」

早く話せ、と無二斎は巳八をうながした。

となり長屋の浪人は普段から横柄なやつなんだ、と巳八は語りだした。

その長屋には、同年代の友だちがいるから、遊びにいっているらしい。そこのおばさんが、勘造の仕打ちに怒り、ときどき、巳八をかくまってくれているというのだった。

「味方がいていいな」

それも良し悪しなんだ、と答える。助けてもらったあとの勘造はもっとひどい仕打ちをするのかもしれない。

「その浪人がどうしたんだ」

「先日のことだった……」

巳八は、続ける。

子どもたちからは、傘張り浪人、と馬鹿にされているらしい。名前を、荻島雄之助といい、顎の長い横柄な野郎だ、と巳八はうそぶく。

「子どもがそんな物言いをするんじゃねぇ」

「この前、そのおっさんがあわてて出ていくから、つけてみた」

「おまえ、叔父の目があるんじゃねぇのかい」

「そうだけど、近頃、足が悪くなって前ほどの怖さはなくなったんだ」

「そうかい」

無二斎は、続きをうながす。

と、そのとき襖が開いて、

「私にも聞かせてください」

のそりと立っていたのは、冬馬である。座敷に座っているふたりをじろりと眺めて、冬馬が来るとは考えてもいなかったからだ。

無二斎と巳八は、目を合わせて驚いている。まさかあれほど巳八を嫌っていた冬馬が来るとは考えてもいなかったからだ。

「となり長屋の浪人がどうしたのです」

「……本当に聞きてぇのかい」

疑い深く、巳八は問う。

さっきまで、冷たい態度だった冬馬である。本気で自分の話を聞く気なのか、と巳八は疑いの目を向けた。

「おまえには、創作の才がありそうですからね。それを確かめにきました」

「ち……結局、信じていねぇんだろう」

「信じる、信じないは、時の運です」

「……なんだか、よくわからねぇ」

いいから続けろ、と冬馬はうながした。無二斎もとにかく話してみろ、と調子を合わせる。

わかった、と答えた巳八は唇を舐めた。

あわてた顔をしていたからつけていくと、三囲(みめぐり)神社についた。

雄之助は、若い男と会っていた。相手は旗本のように感じられた。

しばらく普段どおり会話をしているようであったが、そのうち、口論になった。

若い侍が地面を蹴って帰ろうとしたとき、

「やつが刀を抜いたんだ」

「そして、斬り刻んだとでもいうのかい」

さらに無二斎は、続けた。

「その若い侍を斬り刻んで、懐を探ったというのであろうよ」

「………」

「もっといってやる。斬られた侍の死体が、大川の百本杭にあがったんだ。ふたりが喧嘩したのは、奥山で働く女剣劇を間にして、取りあっていたからだろう」

無二斎が、薄ら笑いをする。

「冬馬さん、帰るぜ」

いきなり、無二斎は立ちあがった。

「どうしたんです。いまの話は無二斎さんが作ったのですか」

出鱈目だった、と無二斎は口を曲げる。

「俺が出ていた裏の本に書かれていた話と、まったく同じだ」

「出ていたとは、不思議な話ですが、そうなんですか」

「あぁ、無駄足だったぜ。やい、巳八、いいかげんにしろよ。俺の目は節穴じゃねぇ。なにしろ中町の本宮無二斎だ」

「………」

巳八の顔は、真っ赤になっている。

これから話そうとした内容を先にいわれたからか、嘘がばれたせいか、冬馬には判然としない。

唇を噛んでいた巳八だったが、

「ち、ばれていたんじゃしょうがねぇや」

いきなり、部屋から逃げだした。

冬馬も無二斎も、動こうとしない。立ちあがったが、そのまま気力も失っている。

「とんだ顛末でしたね」

そういいながらも、冬馬は思案顔を見せている。

「おや、その顔はなんだい」

「ただの嘘ともいえないかなぁ、と思いましてねぇ」

「馬鹿なことというな。あれは、俺が出ている裏の本の話だ」

子どもが読むような内容じゃねぇんだ、と無二斎は怒っている。

「どんな内容なのです。裏の本というものを私は読んだことがないので、教えてください」

「そうかい、じゃ、教えてやる」

無二斎は、手を動かし、顔をゆがませ、唇を尖らせながら語った。それも、微に入り細に入りである。話をする無二斎は、ときどき笑いながらだが、冬馬は、ぴくりとも顔を動かさずに聞いていた。

聞き終わった冬馬は、巳八と同じくらい真っ赤な顔をしている。

「どうだ、驚いただろう」

「はい、驚きました」

珍しく冬馬の顔が、くしゃくしゃになっている。

「あんたがそんな顔をするのは、珍しい」

いつも、ほとんど顔を動かさねぇからなぁ、と無二斎は笑った。

「皺(しわ)ができないから羨(うらや)ましい、と義母はいいます」

「ふん、関係ねぇよ、顔の皺なんざ。それより、いまの話を聞いてどう思ったんだい。子どもが読むような内容じゃねぇだろう。あの小僧、なにを考えているんだまったく」

「はい、感動しました。また新しい領域に入りこめそうです。新鮮な話でした。そうですか、そういうことをするんですね」

「………」

「そんなくるくる、ごろごろがあるとは知りませんでした」

「なにをいっているんだい、あんたは」

「今度、小春さんと試してみます」

「……馬鹿か、あんたは」

「お祭りをやるんでしょう。仏壇とかお神輿とか、なるほどと感じ入りました。観音さまを拝む相手は、小春さんですね。それに月見茶臼、宝船、乱れ牡丹など名前も気に入りました」

「本気かい」

「はい、楽しそうです」

「いいかげんにしてくれ、こっちは独り身だ」

無二斎は、しれっとしている冬馬を気持ち悪そうに見続けて、

「そういうことは、人前じゃいわねぇもんだぜ、まったく」

へんなところで、ぶっとんでいやがる、と無二斎はようやく立ちあがった。

四

数日後……。

なんと本当に、百本杭に若い侍の死体が流れ着いていたのである。

さらに噂では、巳八の嘘が本当になったといって、裏の本の売上が急激にあがりだしたという。

江戸には頭の悪いやつらしかいねぇなぁ、と無二斎はいうが、

「あんたが出ているんでしょう」

冬馬に指摘されて、まぁな、と苦笑する。

「ところで、無二斎さん。聞き及んだところ、背中の無という印は、いつも無口だから無と掲げているらしいではありませんか」

「……む、まあそうなのだが、私は生きているからな」

本のなかの人物は、架空だといいたいらしい。

「いまの解説は、どうもおかしな感じがしますが、なにがずれているのか、きちんと説明できません」

「いいんだよ、あまり頭を使うと、馬鹿になる」

「江戸の人たちのことですか」

「おめぇさんの話だ。あぁ、面倒くせぇ人だぜ」

奉行所でもたまにいわれる、と冬馬は答えた。

「そんなことより、小僧の話は本当だったのか。どう思う」

「さぁ、私にはわかりません」

「しかたねぇ、確かめよう」

無二斎は、小僧のところに行こう、と冬馬を誘った。

人待ち長屋につくと、巳八はいつになく真剣な目で、簪を削っている。

「へぇ、真面目にやってるじゃねぇか」

「叔父さんの身体が悪くなったから、その分もやらないといけないんだ」

「そうかい。ところでな、昨日聞いた話なんだが」

「もう、いいじゃねぇか。あんたがいうように、裏の本の中身をそのままなぞっただけだぜ」

「ところがなぁ、そうはいかなくなったんだ」

「どうしてだい」

　作業しながら、巳八は問う。

「おめぇの話が本当になったからだ」

「……ち、大人が嘘をついちゃいけねぇ」

「馬鹿野郎、本当だ。おめぇ、昨日の話は、本当に見たんじゃねぇのかい」

「もういいだろう、嘘なんだから」

　そうはいかねぇんだ、と無二斎は巳八の首根っこをひっつかんだ。

「無二斎さん、子どもにそれはいけません」

　冬馬は、無二斎の手を離させて、

「巳八さん、本当のところを教えてください」

「……なんだ、いきなり気持ち悪い」

「いやな思いをさせて申しわけなかったけどねぇ。昨日の件で、真実かどうかを知りたいんですよ」

　子どもでも大人と同じような態度を取る冬馬に、巳八は舌打ちをする。

「なにいってるんだい。さんざん俺のことを虚仮にしておいて」

「すまなかった」

「やかましいやい。俺は知らねぇよ。昨日の話とはなんだい。知らねぇ、知らねぇ」

「そうですか、それでは残念ですが、縄を打たなければいけません」

冬馬は、本当に縄を取りだした。普段の行動とは異なり、器用に縄を扱いはじめる。その姿を見て、巳八はあわてる。

「ちょっと待ってくれ」

「子どもとはいえ、嘘つきはこうなるんです」

取りだした縄で巳八の手をぐるぐる巻いて、締めはじめた。そのすばやさに無二斎は、すげぇもんだ、とつぶやいた。

いてぇいてぇと叫びながら、巳八は逃げ惑うが、大人の力にはかなわない。

「嘘は痛いと思い知ってください」

「わかった、わかった。本当のことという。じつは数日前、四日前かなぁ、奥山で声をかけられたんだ」

「どんな男で、なにを頼まれて、なにをやった」

無二斎がたたみかけた。

「その辺を歩いているような普通の男で、昨日の話を八丁堀のぼんくらな男に伝えろ、といわれた」

「そのぼんくらな同心で間抜けとは、私ですか」

「間抜けとはいってねぇが、まぁ、頼まれたときに、あんただと気がついたんだ」

「そんなに私は知られているのですか」

巳八はそれには答えず、ふんと鼻を鳴らしただけである。冬馬は、どうなんだという目をするが、

「とにかく、若い侍が殺されたという話をしろ、と頼まれたんだよ」

「男は、侍か町人か、それともお店者(たなもの)か、あるいは女か」

「男だっていってるだろう。侍でもあり、町人でもあるような……」

「小僧、からかっていると、こうだぞ」

無二斎がまた刀に手をかけた。

巳八は、ふんと鼻を鳴らして、

「おめぇは刀を振りあげるしか能はねぇのか、いや、女のケツを追いまわすだけの力はあるな」

そういって、がははは、と子どもとは思えぬ声で笑った。

「死ね」

無二斎は、巳八の脳天めがけて切っ先を振りおろした。寸止めで止めると、

「ここで斬ってしまったら、本来の探索ができなくなる。やめておいてやる。だが、解決したら、斬る」

その目つきは、本気に見えた。

巳八は、おお怖ぇ、と肩をすくめて、

「とにかく、俺は頼まれただけだから、あとは知らねぇ」

「……それも嘘ですね」

冬馬が看破する。

「いま、目が泳いでいました。巳八さんが語る目を見ていたら、いつも視点が定まっていませんでした。いまもそうでした。つまり、いまの話は嘘です」

なんだと、と無二斎は刀を振りあげ直した。

「……ばれちゃしょうがねぇ」

削っていた箸の細い先を、無二斎に突きつける。

「おめぇがうるせぇから、嘘を教えてやったんだ」

「巳八さん。大人をからかうと、本当に斬られてしまいますよ。そろそろ本気を出したらどうですか」

「本気で嘘をついたんだ」

「違いますね。あなたの本気はそんなものではないでしょう。その簪を削っている間の目つきは、それはそれはすばらしい力を発揮していました。あなたの力は、そこにありますね」

「やかましいやい」

褒められたことはないのか、巳八は下を向いた。

「そろそろ本当の話をしてください」

優しく頼みこむ冬馬の顔を見つめると、

「しょうがねぇ、あんたはただのぼんくらではなさそうだから、教えてやる」

そういいと、巳八はしずかに語りだした。

「浅草で声をかけられたのは本当だ」

「それは、誰なんです」

「素性は知らねぇ。でも、やたら裏の本にくわしそうだったなぁ」

「はて、そんな人がどうして、巳八さんに声をかけたのです」

「さぁ、そこまでは聞いていねぇからわからねぇ」

「まぁ、いいでしょう」

頼まれたのは、三囲神社の件だと巳八は答えた。どうしてそんな話をしろと頼まれたのか、理由を聞いたがそいつは答えなかった。

ま、いろんな嘘をいって大人を騙すのは、楽しいからな、と巳八は笑う。

「どうも、勘造さんに折檻された心の傷が深いようですね」

巳八は、そうかもしれねぇ、と珍しく素直になる。

「そいつは、無二斎は俺の友だち、ともいっていたぜ」

なんだって、と目を見開いた無二斎は、

「どんな野郎だ、そいつは」

「だから、知らねぇって。顔は普通、身体つきも普通、声も普通。ほっぺたに傷もねぇし、大きな黒子(ほくろ)もねぇ。ごく普通の野郎だ」

「町人か、侍か。どっちだ」

「……あの格好は、たぶん読み本屋だな」

「どうしてわかる」

「大きな風呂敷包みを背中に背負っていた。あれは本の包だ」

「早くそれをいわんか」

「いまいったろう」

またいいあいになりそうなところを、冬馬が止める。

「それはいい話を聞かせてもらいました。ありがとう」

ていねいに頭をさげる姿に、巳八は驚いている。

「俺は、人の役に立ちたかったんだ」

小さな声でいった。

「だからといって、嘘はいけませんねぇ」

「みんなが俺の話を聞いて、動きはじめてくれるところが見たかったんだ」

「わかりますよ、その気持ちは」

「だから、だから……」

おいおいと泣きはじめた。勘造の折檻から逃げたかったのであろう、と冬馬が巳八の肩に手を置くと、ぴくりと震えた。

「そうか、たったこれだけでも怖いのですね」

「叔父さんの手が怖かった」

すぐ殴る蹴るがはじまるからだ、という。

「わかりました、私がなんとか勘造を止めるようにしましょう」

「いまは、身体が弱くなって、前みたいなことはなくなったから」

大丈夫だ、といいたいらしい。

うんうん、とうなずいた冬馬は無二斎を見る。

「その読本屋を探しましょう。無二斎さんを知っているというお話ですが、心あたりはありませんか」

「まったくねぇんだ」

困り顔で、無二斎は答える。

「読本屋なんぞにも知りあいはいねぇ。誰なんだ、俺を知っているという野郎は……」

途方に暮れながら無二斎はつぶやいたが、

「これは、俺の事件だな。ちょっくら心あたりを探ってみるぜ」

「目星があるんですか」

「いや、まだねぇ。だけど、なんとかほじくり返して、見つけてくるぜ」

じゃぁな、といって、無二斎はいま来た方向とは逆へと歩きだしていた。

五

読本屋を探そうと、主だった読本屋をあたってみたが、巳八に面通しをさせてみても、首を振るだけである。

裏の本屋だけに、誰もその顔は知らないらしい。また、住まいもなにも、素性は知られていないのだ。

危な絵を売っている画材屋なども訪ねてみたが、知らないという答えしか戻ってこない。そもそも、裏の本屋なのだ、知っている者がいないのは当然かもしれない。

暗礁に乗りあげてしまった、と冬馬が嘆いていると、

「母なら知っているかもしれませんね」

「はて、それはどうしてです」

夏絵は、無二斎の活躍する草双紙を知っていた。つまりは、その読本屋と顔見知りかもしれない、と小春はいうのである。

「それは慧眼です」

すぐ夏絵に会おうと、冬馬は動いた。

夏絵の住まいは、富沢町である。早足で行けば、四半刻もあれば十分だろう。

冬馬は、行ってきます、と足を富沢町に向けた。

小春は、私も一緒に行きますと同行する。

冬馬と夏絵のふたりだけでは、どんな会話が交わされるかわかったものではない。喧嘩がはじまり、最初の目的が水の泡になってしまうかもしれない。

夏絵が、二代目、三代目の話などをはじめたら、大騒ぎになる。それでなくても、冬馬はねずみ小僧はふたりいる、と考えはじめているのだ。

どこからほころびが生まれるかわからないだろう。

小春が真剣な目のまま歩いていると、冬馬が語りかけた。

「ところで、小春さんにお願いがあります」

「なんですか」

「ちょっと考えていることがあるのですが、それを実行してもいいのかどうか、お聞きしたいと思っているのです」

「あら、どんなことです。私は旦那さまのお願いならたいていのことは、お聞きしてると思いますよ」

「はい、それが……」

一瞬、冬馬の足運びがゆるやかになった。

「あまり人前ではいってはいけないことのようです」

「おやおや、それは気になりますね」

「……やはり、いまはやめておきます」

「まぁ、よろしいのですか」

「はい、この読本屋の件が片付いてからにします」

「わかりました。それでは、ぜひ一刻も早く解決いたしましょう。ふふ、どんなお願いなのか、楽しみですね」

「はい、私もおおいに楽しみです」

夏絵は、頼みを聞いて嫌そうな顔をする。裏本屋と付きあいがあるなどとは、知られたくなかったのだろう。

それでも、小春が人殺しの手がかりになるのだから教えてくれ、と頼みこんだ。

「それに、これが終わると旦那さまから、人前ではいえないようなお願いをされるのです。私はそれを早くお聞きしたいのです」

「……どんな願いなのか知らないけど、夫婦の問題を私に押しつけてほしくないねぇ」

「夫婦の問題ではありません。人殺しの問題、町方の問題、私の手柄話の問題ですから、教えてください」

冬馬が、抑揚のない言葉で頼みこむ。

相変わらず可愛げがない、と夏絵はいいながら、

「わかったよ。その読本屋は下谷の山下に住まいがあるよ」

「ありがとうございます」

ていねいに頭をさげる冬馬に、夏絵は念を押す。

「あんた、だからといって裏の本なんか読むんじゃないよ」

「はい、読みません」

すでに、無二斎から内容は聞いている。

「読む必要はありませんから」

その返答に、夏絵はよかったと安堵の表情を見せるが、冬馬はすでに全容は知っているといいたかったのである。

「ところで、無二斎はどうしたんだい」

訪ねてきたのは、冬馬と小春のふたりだけで、無二斎の姿が見えないと夏絵は聞いた。

「あぁ、あの人はちょっと変わっていますからね。ひとりで探索をするといって、私から離れていきました」

「おやまぁ、私のところに来たらあっさりとわかったのに」

「そうですよねぇ。頭が悪いのです」

夏絵はまじまじと冬馬を見て、ため息をつく。

「婿殿は頭がいいのかねぇ」

「もちろんです。これからは、しっかりと観音さまも拝みますから。いままでは簡単に素通りしてました。反省しています」

「……あんたが信心深いとは知らなかったよ」

「はい。新たなる領域に入ったのです」

「なんだかわからないけど、いいことなんだろうねぇ」

「はい、もちろんです。ただ小春さんのお手伝いが必要になります」

小春は、あら、と声をあげた。

「さきほどのお願いにかかわることのようですね」

「はい」

「もちろん、お手伝いいたしますよ。どんな内容なのでしょう。あぁ、今回の件が片付いてからお話しいただけるのですね。楽しみです」

「楽しみはあとに取っておきましょう」

冬馬は、山下に行ってみます、と夏絵にお辞儀をして離れようとする。

「まだ話は途中だよ。名前も山下のどこなのか知らないと、肝心な相手に会えないよ」

「そうでした。お願いします」


山下に着くと、冬馬と小春は夏絵から聞いた長屋に向かった。山下は浅草や両国などと比べると、少し猥雑な雰囲気に包まれている。けころと呼ばれる最下層の岡場所があるためかもしれない。

そんな猥雑さも、冬馬には関係はない。

夏絵に教えてもらった相手は、二三屋という名で裏の読本を書いている男だという。

冬馬と小春が尋ねると、二三屋はじっとふたりを見つめているだけである。

「あなたが裏の本を書いているのですか」

　二三屋は、ただうなずいている。相手にした感じでは、この男が人殺しをするようには見えない。とにかく無口なのである。なにを聞いても、うん、とか、違う、とひとことふたことしか返ってこないのだ。

　どうやら、無口な無二斎とは自分を模していたようである。

「あなたを焚きつけた人がいるんですね。裏本を書くようにと」

　冬馬が聞くと、水上、とだけ答えた。

「それが、裏本屋の名前ですか。その水上という人はどこにいますか」

「大川の上のほう」

「というと、どこなんでしょう」

　小春に尋ねてみる。

「そうですねぇ。今戸よりもっと北でしたら、真崎稲荷神社があるあたりでしょうか」

　無口な二三屋は、違う、と答えた。

　途中で、冬馬は面倒になってあきらめたが、小春が念入りに聞きこむ。

　北に行ったり、東に行ったりしながら、最後に小春は半分あきらめて聞いた。

「それは、長命寺のことですか」

「そうだ」

だったら早くそういえ、と冬馬は睨みつけたが、

「長命寺なら、そばに三囲神社があります」

小春が気がついた。

若い旗本が斬られていたのは、三囲神社だと巳八はいった。そこで斬られて、大川に投げ捨てられ、最終的に百本杭に引っかかったと思われるのだ。

「巳八の言葉は本当だったのでしょうか」

「いや、巳八は見ていません。あれは嘘でしたからね。頼まれて私に告げたといいました」

「では、どういうことになるんです」

「誰かが三囲神社で旗本を斬り、それを巳八に語らせたのです。そうやって、あたかも巳八の嘘が本当になったと思わせたんでしょう」

「どうして、そんな面倒なことをしたんでしょう」

「裏の本を売るためではありませんか」

冬馬の言葉に小春はうなずき、二三屋は満足そうにして筆を執ると、なにやら

さらさらと書きはじめた。

小春がどんなことを書いているのです、とのぞいてから、きゃっと顔を戻して、

「旦那さま、戻りますよ」

半分、怒ったような小春の態度を見て、冬馬は、この様子ではお願いは聞いてもらえそうにないかなぁ、とがっかりしている。

六

二三屋から聞いた話によれば、裏の本屋は長命寺の近くに住んでいるとのことであった。

長命寺から殺しの現場である三囲神社は近い。

二三屋の言葉ははっきりしていないが、教えてくれた内容は本当だろう。なぜなら、二三屋は裏の本屋から抜けて、表に出たいと願っている雰囲気が感じられたからである。

裏本造りに関して恥じているというわけではなさそうだが、表にも手を出してみたい、といった態度だったのである。

それには、裏本屋から離れねばならない。

「あの二三屋という男は、どうしてあんな戯作を書いているんでしょうねぇ」

中身の一部を読んでしまった小春は、疑問に思う。

「それは、好きだからでしょう」

「……殿方はみなそうなのですか」

「はい」

「あら、旦那さまもお好きですか、と聞いても中身を知りませんものね。答えられないですね」

「………………」

どんな反応をしたらいいのかわからず、冬馬は無表情である。もっとも、いつもと変わりのない態度だから、小春はたいして気にしていない。

長命寺の境内に着いた。

小春がきょろきょろしているのは、長命寺門前で売られる桜餅が有名だからである。だが、いまは時季違いで店は出ていない。

売り本屋の住まいは、長命寺の裏側から畑を入ったところにある、という。

周辺は畑だけで、建物はあまり見つからない。

そんななか、壊れかけた百姓家が一軒目についた。

「あそこかしら……」

小春が指差す。

板葺の屋根は傾き、生け垣などの囲いもない。一見して人が住んでいるような雰囲気ではなかった。

「少し見張っていましょう」

冬馬の言葉に、小春もうなずく。

「でも、そろそろ夕刻になります。少し冷えてきますねぇ」

「心配はいりません」

「なにがですか」

「私には、小春さんがいます。小春さんには私がいます」

「それはなんの謎かけですか」

「身体を温めあっていれば心配はいらない、といっているのです」

「まぁ、こんな場所で抱きあおうというのですか」

「はい」

小春は、きょろきょろと周囲を見まわす。

「わかりました。では、あそこの小屋に入って、見張りましょう」

それがいいですね、と冬馬は小春のあとに続いた。

小屋からは、百姓家が正面に見えている。引き戸を閉めても、その隙間から見逃すことはなさそうだった。

「では、小春さん」

冬馬は、すぐさま小春を後ろから抱きついた。

「旦那さま、いきなりくっつかなくても」

「どうしてですか」

「まだ、そんなに冷えてはいません」

「冷えたときの予行演習です」

「いまは、いりません。もっとあとにしましょう。この小屋に入ったのは、こんなことをするためではありませんよ」

「そうでした。では、あとにします。でも、その前に」

唇を尖らせて、小春に迫った。

「あとにしましょうね」

やんわりと、小春は冬馬の胸を押したが、

「うぐぐぐ」

かまわず冬馬は、小春を抱きしめ、顔を寄せた。

「ふ……」

しばらくして、小春は大きなため息をついて、

「どうしたのですか」

潤んだ目で冬馬を見つめた。

「なにがです」

「いつもと違いました」

「いやでしたか」

「いえ、嫌ではありませんが……強烈でした」

「あらたなる領域に入ったのです」

「……よくわかりませんが、ちょっと驚きましたけど……誰か出てきましたよ」

とんと冬馬の身体を押して、小春は引き戸に目をあてた。

「男と女が出てきました」

「そのふたりが売り本屋でしょうか」

「……違うみたいですねぇ。どこかで働いている水茶屋の女という風情です。男

は、お店者の、若旦那でしょうか」

「ふうむ、あの家は売り本屋とは関係なかったのかもしれません」

「いえ、もうひとり出てきました」

背中に大きな風呂敷包みを抱えていた。巳八に声をかけてきた男は、同じように背中に風呂敷包みを抱えていたと答えている。

「あの男に違いありませんね」

「そうらしいですね。よし、捕まえましょう」

冬馬は戸に手をかける。

「お待ちください」

「あとにしましょう、いまは捕縛です」

「なにをおっしゃっているのですか。まだ、あの男が旗本を殺した証は見つかっていません」

「そうでした」

「まずは、そこをはっきりさせておいたほうがいいと思います」

それはそうだ、と冬馬はうなずき、

「では、あいつがどこに行くか、つけていって見張ります」

「そうですね……」

返事をしながら、小春はなにか考えているようである。

「どうしました小春さん」

「いえ、なんでもありません」

そう答えは返したが、頭のなかでは、この家にもぐりこんでみよう、と決断していたのであった。

七

その日の深夜。

冬馬は、裏本屋らしい男をつけていったまま戻ってこない。

朝まで追いかけているつもりだろう。小春は、男を尾行している途中で離れて組屋敷に戻っていた。ひとりになる必要があったからである。

昼、探しあてた家にもぐりこんで、あの男が殺した証拠でもあれば盗み取ろうと考えていたのである。

しかし、それには問題がある。

「あの家を知っているのは、旦那さまと私だけ……」

そこにねずみ小僧が盗みに入ったとなれば、普通なら疑われる。その目を誤魔化すためには、母の夏絵に活躍してもらわねばならない。ねずみ小僧として、どこかの武家か大店に入りこんでもらおうというのだった。

夏絵は、まだまだ二代目は引退できないねぇ、と薄ら笑いしながら、手を貸すと約束してくれたのである。

冬馬には、お手伝いをしたいから、小春が自発的にあの家に忍びこんでみた、といっても信じるに違いない。危険なことをするな、と叱られるかもしれないが、しかたがない。いざとなったら、なんでもいうことを聞きます、とでもいえば、あの冬馬なら、許してくれるはずである。

そう考えた小春は、丑三つ前、長命寺まで走った。

奥方姿のままでは夜道は走れない。いつものごとく、ねずみ小僧の姿に変身して、深夜の江戸を疾走した。

長命寺裏に着くと、慣れた動きで屋根にのぼった。

「おや……」

小春は耳を澄ます。

戸口が開く音が聞こえてきたのである。

裏本屋が戻ってきたのか、と身構えた。

屋根からのぞくと、戸口に影が揺らめいている。

男の背格好だ。影ではあるが、同心姿に見えた。

冬馬とは異なり、腰がゆるゆるして定まっていない。十手捕縄術を会得している者ではない。

「誰なの……」

しばらく屋根の上から様子をうかがった。

裏本屋とかかわりのある男だったら、危険である。今日のところは、戻ったおうがいいかもしれない、と思案していると、

「あの入りかたは、盗人みたいですねぇ」

腰は引けているが、周囲を見まわしながらの動きは、まさにこそ泥である。ねずみ小僧の小春から見たら、動きは素人である。

といって、ただのこそ泥にも見えない。なにか目的を持ってもぐりこもうとしているように見えるからだった。

小春は屋根からおりて、影を追いかける。

がさがさと音がしているのは、部屋を漁っているらしい。自分以外に家探しをする者がいる、と小春は驚いている。

一瞬の油断だった。

「誰だ」

小さな龕灯が小春に向けられた。

逃げようとしたがねずみ小僧か」

「その格好は、無二斎さん」

「なんだと……どうして俺の名前を知っているんだ」

龕灯を小春の顔にあてる。

じっと見つめて、そうか、と無二斎はうなずいた。

「心配はいらぬぞ。俺は無口だからな」

小春がねずみ小僧だとは、ばらさないという意味であろう。

「…………」

「どうやら、家探しの理由は同じらしい」

「……そんなことより、どうして無二斎さんは、ここへ」

「あまりいいたくはねぇが、まぁいいだろう」

無二斎は、龕灯を畳に向け直した。

「巳八の言葉が気になっていたんだ。俺とは知りあいだ、という言葉がな」

それが、裏本屋の言葉だと小春は気がつく。

さらに無二斎は、続けた。

「どうしてそんな台詞が出てくるのか、不思議だった。俺が裏の本屋など知るわけがねぇ」

「…………」

「しかしだ、あることに気がついたんだ……」

その言葉で、小春も気がついた。

無二斎の正体は、ある大店の若旦那である。その父親は誰なのか、またどこに店があるのか、呉服屋か、あるいは米問屋か、薬種問屋か。金持ちなのは、わかるが、そのあたりはまるで闇のなかである。

しかし、父親が大金持ちなのは、間違いないだろう。

父親が、その裏の本を読む客だとしたら、その息子である無二斎を知っていても、おかしくはない。

「ふん、あんたも聞こうと思った相手が誰か、気がついたらしい。そうだ、そういうことだ。そこで俺は、その人に尋ねた。裏の本屋を知っているか、とな」

「それで、ここがわかったのですね」

そうだ、と無二斎は答えた。

「一緒に家探しをしよう」

無二斎、いや、目の前にいる若旦那は、以前、ほかの人間になりきっていたときに、小春がねずみ小僧だと知った。それをばらされたら困ると思っていたのだが、一度、なりきりが終わると、それまでの記憶はすべて飛んでしまうと思っていたのだが、無二斎は小春がねずみ小僧だと知っても、驚きはしなかった。

——やはり、忘れたふりをしていただけ……。

もしそうだとしても、ありがたいことに、小春が隠している陰の姿をばらすつもりはなさそうである。

「なにか、証拠になる物を見つけましょう」

「わかったぜ。ふ、ねずみ小僧と一緒に盗みを働くとはな」

「盗みではありません、証拠探しです」

「そうだな」

無二斎は、にんまりとして、

「じゃ、あんたはあっちの部屋だ。俺はこっちをやる」

「わかりました」

小春はとなりの部屋に、足を向けた。

しばらくすると声が聞こえた。

「見つけた……これだ……」

小春が戻ると、無二斎はひらひらと書付を振りまわしていた。

「なにが書かれているんです」

「読めばわかるぜ」

それは、ある水茶屋の女からもらった恋文だった。

「まぁ、あの男を殺してくれたら、想う人になると書かれてあります」

「あぁ、そうだ。野郎がそれを実行したんだ」

無二斎は小春に、俺が見つけたんだ、と念を押した。

「野郎の名前は、留之助。女の名前はお道だ」

ようやく裏本屋の正体が判明した、と無二斎はほくそ笑んだ。

八

見張りから朝帰りをした冬馬は、眠い眠いと連発している。

「あの男は、どこにいたんです」

小春が問うと、

「ひと晩中、ある出会い茶屋にいましたよ」

「まぁ、そんなところに旦那さまもいたんですか。誰と一緒だったのです」

「いえ、ひとりですよ、もちろん」

女中に頼んで、女連れのようにしていたけど、とつぶやく。

「なんですって、女連れですって」

「いえ、ですから、見張りのためにそう見せていただけです」

それだけです、と冬馬は、あわてふためいている。

その姿を小春は笑いながら見つめて、

「心配はいりませんよ。旦那さまがおかしな真似を、ほかの女とするわけがありませんからね」

「はい、もちろんですとも」

「……なんです、その意味深な目つきは。なにを狙っているのです」

「なんでもありません。そんなことより、やつの捕縛に行きましょう。そろそろ無二斎さんも来るころでしょう」

「そういえば無二斎さんが、昨日、旦那さまを訪ねてきたとき、なにかいいものを持ってくると、いってましたよ」

「はて、いいものとは」

「旦那さまが喜ぶなにかでしょうねぇ」

無二斎が持参する恋文の存在を小春が知っていたら、おかしな話になる。誤魔化しながら無二斎を待っていると、

「おい、冬ちゃん、いるかい。中町奉行所一番の色男、本宮無二斎である」

「なんです、あれは。大きな声で」

近所迷惑だ、と冬馬が眉をひそめると、無二斎は、片手で書付をひらひらさせながら入ってきた。

「おい、これが動かぬ証拠だ」

小春と一緒に探したとはいわない。

もっとも、盗人の真似事をしているのだから、大きな声ではいえないのだろう。

なんですか、と冬馬が恋文を読む。

「これがどうかしましたか」

「馬鹿か、おまえは。ここに殺してくれ、としっかり書いてあるではないか」

「こんな文をどこで手に入れたのです」

「それはいえねぇなぁ」

「……そういえば昨夜、ねずみ小僧が出たようです。なにも盗まずに消えたようですけどね」

冬馬は、疑わしそうな目つきで続ける。

「無二斎さん、もしかしたらねずみ小僧とつるんでいたのではありませんか。だから、この文を手に入れることができたのでしょう」

「なにを馬鹿な話をする。これは……白状する。俺が盗んだんだ」

「どこからです」

「だから、それはいえねぇよ。中町一の色男だからな、いろんなところから、普通なら聞くことができねぇ、噂を仕入れることができるんだ。そのなかに、裏本屋に対する噂があったんだ」

身振り手振りでいいわけをする無二斎に、冬馬は、ふぅん、と答えただけである。

「なんとなく、疑わしい話ですが、まぁいいでしょう。しかし、そんなものは証拠になりませんよ」

「どうしてだい」

「自分の物ではない、といわれたらそれまでです。それに、本当に殺したかどうかわかりません。知らぬ存ぜぬといわれたら、証拠にはなりません」

「おまえは、敵か味方か」

「そんな単純な話ではありません」

小春は、そうかと冬馬の言葉に納得するしかない。少し安易だったか、とがっくりしていると、

「でも、まぁ、ある意味では役に立ちます」

「はっきりしろよ、まったく」

冬馬は、じつは昨夜あの裏本屋を見張っていて、気がついたことがあります、といった。

「昨日、裏の本屋と一緒にいた女は、どう見ても武家女でした」

「武家……この恋文は、武家の手には見えねぇ」

「はい、そこで私は考えました」

「あぁ、そらぁ考えるだろうよ」

「そして、私たちは間違っていたと気がついたのです」

「なにを間違っていたんだ」

「殺したのは、裏本屋ではありませんよ」

「じゃ、誰だっていうんだ」

はい、と冬馬は小春に目を向ける。

「小春さんなら、そろそろ気がつくでしょう。昨日、あの小屋のなかで一緒に抱きあいながら、誰を見たか」

「抱きあってなんかいません」

無二斎の手前、本当のことを語るわけにはいかない。

「わたしが見た、とは……あ……家から出てきたふたり連れがいました」

「そうです、そのふたり連れの片割れが、この文を書いた本人です」

無二斎はなんの話だ、と顔をゆがませている。

自分の手柄だと思っていたのに、話がおかしな方向へと流れている。

「若旦那の名前は、ここに書かれている留之助という人でしょう。そして、殺してくれと書いたのが、深川のお道。このふたりが、旗本殺しの下手人です」

「裏本屋じゃねぇのかい」

「違うでしょうね。昨日見た感じでは、裏本屋はただ本の内容を巳八に教えただけです」

「なぜ、そんなことをするんだ」

自分が損するだけではないか、と無二斎はいう。

冬馬は謎解きをはじめる
「裏本屋は、まさか本当に留之助が旗本を殺すとは思っていなかったのです」

無二斎は、なんだかわからねぇ、と首を傾げっぱなしだ。

「しかし、巳八が見たのは……あ、あれは嘘だったな。としたら、旗本と会っていたのは、裏本屋ではなかったのか」

「違うでしょうねぇ。旗本と会っていたのは、留之助です。留之助は、裏本屋に巳八を使って、嘘を語るように指示したのでしょう」

巳八は嘘つきとして、有名である。

その嘘を逆手（さかて）に取ろうとしたのだろう、と冬馬はいう。巳八を使って旗本の死体などない、殺しは嘘だと思われたら、それでいい。

「問題は、死体が本当に百本杭まで流れついたことです」

「……わからねぇな、なぜだい」

「留之助は死体をどこかに隠したのでしょう。それがなんの拍子かわかりませんが、大川に流れた。別の川下とか川上に投げ捨てたのかもしれません。本来、死体は見つからない予定だったのです」

「そうか、死体が見つからねぇと、また巳八の嘘という結論になってしまう」

「そうですね」

「考えやがったぜ」

「計画を立てたのは、裏本屋なのか留之助なのかはわかりません」

「どっちにしても、しょっぴいてやるぜ」

無二斎は、俺の手柄だと思っていたんだがなぁ、といいながらも、最後まで、いい張っている。

「でも、この恋文を見つけたのは、俺だ」

そして……事件が解決してから数日後の夜。

冬馬と小春は布団に入って会話を交わしていた。

冬馬の推理は、当たっていた。ただし、初めに感じた裏本を売るための殺しだった、という推理は外れた、と冬馬はいう。考えてみたら、そんな馬鹿な殺しを本気でやる者などいないだろう。

留之助は、深川の水茶屋女、お道に惚れた。

しかし、お道には、山谷喜右衛門という旗本の男がいた。

留之助は、自分になびいてくれたら、水茶屋を一軒任せてもいい、と誘った。そこでお道は、喜右衛門から留之助に乗り換えようとしたのである。

裏本屋は、その話を二三屋に教え、それをおもしろおかしく物語にしろ、と頼んだらしい。そこで、書かれた内容が本当になったのは、留之助が嘘つきの巳八を利用しようとしたからであった。

留之助は、いい案だと思ったがなぁ、と吟味与力に答えていたという。

お道は、直接、手をくだしたわけではないため、うまく逃げきり、罪状はつかなかったという。

「その代わりに、人殺しをうながした女として知られることになりましたからね。江戸にはいられないでしょう」

「自業自得ですねぇ」

巳八は、自分の嘘がこんなふうに使われて、衝撃を受けたらしい。組屋敷を訪ねてきて、これからはまっとうに生きると誓った。人のためになりてぇ、と胸を張った。

また、身体を壊していた叔父の勘造は、病がこうじて亡くなったそうであった。

「これから、巳八はひとりで生きていかなければいけませんね」

小春が大変になるだろう、と悲しむ。

「いいえ、それが、なんと無二斎さんの手柄なんですが、巳八には叔母がいて、その人があずかってくれることになったそうです」

「叔母とは、勘造さんの妹さんでしょうか」

「姉らしいです。中町の色男が探しだしてくれたそうですよ、まぁ、金を使ったんでしょうけど」

「まぁ、無二斎さんにもよいところがありますね」

「中町一の色男らしいですからね」

かすかに口を曲げた。笑ったらしい。

「ところで、小春さん」

「はい、なんでしょう」

「私の願いなら、なんでも聞いてくれるというお話でしたよね」

「あぁ、そのお話なら、忘れていませんよ。旦那さまの願いであり、私が手助けできるのなら、それは、私の願いでもありますから」

「わかりました」

では、といった冬馬は小春に近づくと、小春の夜着の胸元をぐいと引っ張った。

「さぁ、はじめましょう」

「な、なにをするのです、突然」

「もう木戸も閉まりました」

「それより、お手伝いする話をしてください」

「これが、そうなのです」

「なんですって……」

怪訝な目をする小春に、冬馬は耳を貸してください、と近づいた。

「じつは、無二斎さんから、こんな話を聞いたのです」

「なんの話ですか」

冬馬が語りはじめると、小春の耳が真っ赤に染まり、

「な。なんということを……」

「いやですか……」

「…………」

「黙っているところを見ると、いやではなさそうです」

「……それが旦那さまへのお手伝いになるなら……」

「はい、もちろんです」

「お約束ですから、お手伝いいたしましょう」

その後、ふたりの間に湧きたつ歓びの声を聞いていたのは、出はじめた月と秋の虫だけであった。

コスミック・時代文庫

ぶっとび同心(どうしん)と大怪盗(だいかいとう)

二

奥方はねずみ小僧

2023年11月25日　初版発行

【著者】
聖(ひじり) 龍人(りゅうと)

【発行者】
佐藤広野

【発行】
株式会社コスミック出版
〒154-0002 東京都世田谷区下馬 6-15-4
代表　TEL.03(5432)7081
営業　TEL.03(5432)7084
FAX.03(5432)7088
編集　TEL.03(5432)7086
FAX.03(5432)7090

【ホームページ】
https://www.cosmicpub.com/

【振替口座】
00110 - 8 - 611382

【印刷／製本】
中央精版印刷株式会社

乱丁・落丁本は、小社へ直接お送り下さい。郵送料小社負担にてお取り替え致します。定価はカバーに表示してあります。

© 2023 Ryuto Hijiri

ISBN978-4-7747-6512-9 C0193

鳴海 丈 の時代官能エンタメ!

傑作長編時代小説

“幻の娘”は何処に!?
剣難、女難の旅——!!

卍屋龍次
乙女狩り
秘具商人淫ら旅

女形役者のような美貌を持ち、脇差居合術の達人でもある龍次——。彼は秘具、淫具を扱う卍屋で、行商人に身をやつし、旅をしていた。その理由はただ一つ。八年前に、運命の出会いをしながら生き別れとなった少女、おゆうを捜していたのだ。だが、行く先々で女を哭かせながらの道中には、幾多の困難と邪悪な欲望、非情な裏切りが……。

絶賛発売中!

お問い合わせはコスミック出版販売部へ!
TEL 03(5432)7084

中岡潤一郎 の好評シリーズ！

書下ろし長編時代小説

将軍さまの隠し子たちが
江戸の下町で大暴れ！

同心若さま流星剣
無敵の本所三人衆〈三〉

同心若さま流星剣 無敵の本所三人衆〈二〉

同心若さま流星剣 無敵の本所三人衆〈一〉

絶賛発売中！

お問い合わせはコスミック出版販売部へ！
TEL 03(5432)7084
http://www.cosmicpub.com/

永井義男 大人気シリーズ!

書下ろし長編時代小説

蘭学者の名推理

過去の未解決事件
闇が生まれ恋が死ぬ

秘剣の名医【十五】
蘭方検死医 沢村伊織

秘剣の名医
吉原裏典医 沢村伊織
【一】〜【四】

秘剣の名医
蘭方検死医 沢村伊織
【五】〜【十四】

好評発売中!!

絶賛発売中!

お問い合わせはコスミック出版販売部へ!
TEL 03(5432)7084

早瀬詠一郎の好評シリーズ！

書下ろし長編時代小説

国の行く末を左右する南町奉行の命、下る！

やさぐれ長屋与力
お奉行の密命

やさぐれ長屋与力 遠山の影目付

やさぐれ長屋与力 剣客 三十郎

絶賛発売中！

お問い合わせはコスミック出版販売部へ！
TEL 03(5432)7084

早見 俊 の好評シリーズ！

書下ろし長編時代小説

天下の素浪人は
将軍家若さま!?

無敵浪人
徳川京四郎

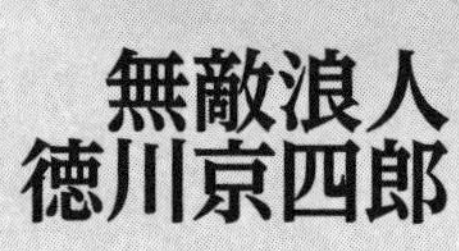

絶賛発売中！

お問い合わせはコスミック出版販売部へ！
TEL 03(5432)7084
http://www.cosmicpub.com/